世界探偵小説全集

MAURICE LEBLANC

強盗紳士ルパン

ARSÈNE LUPIN GENTLEMAN CAMBRIOLEUR

モーリス・ルブラン
中村 真一郎訳

TOKYO
HAYAKAWA
BOOKS

A HAYAKAWA
POCKET MYSTERY BOOK

目次

装幀　勝呂　忠

強盗紳士ルパン

アルセーヌ・ルパンの逮捕

　風変りな旅行！　最初はまことに調子がよかつたのに！　私はいまだかつて、これほど幸先よくはじめられた旅行はしたことがない。『プロヴァンス』号はこの上もなく愛想のいい人物に舵をとられた、乗心地のよい快速の大西洋横断定期船である。船には選りぬきの人々が集つていた。いく組もの交際が生れ、さまざまな余興がとりもたれた。私たちは世界から隔離され、まるで見知らぬ島に私たちだけとり残されてしまつたために、お互に親しくなるよう余儀なくされたみたいなすばらしい印象をうけたのだつた。

　こうして私たちはしだいに親しくなつていつた……

　昨夜まで見ず知らずの他人だつたのに、これから何日ものあいだ、果てしない空と広大な海にとりかこまれて、いままでにない親密な生活を送り、一体となつて大洋の怒りと、怒濤の怖るべき攻撃と、眠つた海の腹ぐろい静けさとに挑戦しようとしている人たちの集りのなかに、どんなに風変りで、思いがけないことが起るか諸君はいままでに考えたことがあろうか。

　要するにそれは人生そのものを、その嵐やその偉大さ、単調さ、多様さと共に悲劇的に短縮して生きることなのだ。だからこそおそらく人は、はじまつた瞬間にもう終りが見えているこの短い旅行を、狂おしいあわただしさで、またそれだけにひときわはげしい欲情をこめて味わうのだろう。

　しかしながら数年前から、航海の感動をことさら増大させるようなことが起つていた。大洋に浮かぶ小さな浮島は、すでに縁を切つたと思つていた世界からいまもつて支配されているのだ。一筋の絆がきれないでつづいている。それは大洋の真只中で少しずつほどけかかるとみるや、またその大洋の真中で少しずつ結び直される。無線電信がある！　無線電話がある！　不可思議きわまる方法でニュースが伝えられる他の宇宙からの呼び声！　もはやいかなる想像力も、目に見えない伝言がその穴を通してしのび込んでくる鉄の線を頭に浮かべることはできない。神秘はいままでよりも更に底深く、またずつと詩的である。この新らしい奇蹟を説明するには風の翼の助けをかりねばなるまい。

　こうして最初の数時間のあいだ、私たちは時どき私たちの一人に、陸地からの数語を囁きかけるこの遠い声に追いかけられ、付きそわれ、更には先を越されているように感じた。二人の友人が私に語りかけた。他の十人もの、二十人もの人人が私たち全員に、空間を通して彼らの悲しげな、或いはよろこばしげな別れの言葉を送つてきた。

　ところが、二日目の嵐の午後、フランスの海岸から五百マイルのところで、無線電信が私たちに次のような内容の電報を伝えた。

　《アルセーヌ・ルパン貴下の船中にあり、一等船客、毛髪ブロンド、右前腕に傷あり、単独旅行、姓名はR……》

ちようどこの瞬間、すざまじい雷の一撃が薄ぐらい空にとどろいた。電波は中断された。電報の残りは私たちにとどかなかつた。アルセーヌ・ルパンの変名はその頭文字しかわからなかつたのだ。

　もしこれがほかのニュースだつたら、その秘密は電報局の係員、船の係員、或は船長によつて細心にまもられていたにちがいない。しかしこの世には、どんなに厳重な配慮をもつてもかくしきれないような事件があるものだ。その日のうちに私たち全員は、どうして秘密がもれたのかわからないままに、あの有名なアルセーヌ・ルパンが私たちの間にかくれていることを知つてしまつたのだ。

　アルセーヌ・ルパンが私たちの間にいる！　数ケ月前から新聞がその武勲のかずかずを書きたてているあの逮捕できない強盗！　フランスの名刑事、老ガニマールが死をとした決闘をいどみ、そのたたかいのくり返しがあれほどはなばなしく展開された謎の人物！　アルセーヌ・ルパン、大邸宅やサロンでしか仕事をしない夢想派の紳士、ある夜彼はショルマン男爵邸へしのび込んだが、次の文句の記された名刺を残して何もとらないで帰つたのだ。

《強盗紳士、アルセーヌ・ルパンは、貴方の家具が本物になつた頃参上いたします》

運転手、テノール歌手、馬券屋、良家の子息、青年、老人、マルセーユの外交商人、ロシヤ人の医者、スペインの闘牛士——何にでも変装する男、アルセーヌ・ルパン！

次のことをよく考えていただきたい。アルセーヌ・ルパンは大西洋横断定期船という比較的限られた範囲内を歩き廻つているのだ。何ということだ！　いつも人が顔をつき合せているこの一等船室の片隅に、この食堂のなかに、このサロンのなかに、この喫煙室のなかに！　アルセーヌ・ルパンはあの男ではないか……それともこちらの男か……私の隣りのテーブルの男か……私の同船室の客か……

「まだ航海は五昼夜も続くんですつてね！」と、その翌日、ネリー・アンダーダウン嬢は叫んだ。「がまんできないわ！　早く捕えて下さればいいのにね」

それから彼女は私に話しかけた。

「ねえ、あなた、ダンドレジイさん、あなたは船長さんとお心安いようですが、何かごぞんじですか」

私は、できることならネリー嬢をよろこばせるようなことを知つていたかつた！　彼女はどこへ姿をあらわしても、たちまち注目の的となるようなすばらしい女性の一人だつた。彼女の美しさはその富と共に光り輝いていた。彼女は取り巻き連を、ファンを、心酔者たちを従えていた。

フランス人を母としてパリで育てられた彼女は、シカゴの大金持である父のアンダーダウンのもとへ行くところだつた。女友達のジャーラン夫人が彼女に付きそつていた。

彼女をひと目見たときから、私は彼女の崇拝者として立候補した。しかし、航海中に親しさが増すにつれて、たちまち彼女の魅力は私の心を乱してしまつた。彼女の黒い瞳に見つめられると、自分がかりそめの恋心にしてはいささか感動しすぎているのに気付いた。それでも彼女は、私の敬意に対しいくらかの好意をもつて迎えてくれた。彼女は私の気のきいた言葉に笑い、私の語る珍らしい話に興味を示してくれた。

彼女は私がみせた熱心さにほのかな共感をもつて答えてくれたようだつた。

ただひとりの恋がたきだけが私の心を乱した。それは優雅で慎え目な、かなりの美青年だつた。彼女は時として、私のパリジャン風の「あけつぴろげ」な素振りよりも、その青年の無口な性格に心を引かれているように見えた。

ネリー嬢が私に話しかけたとき、ちようど彼女は讃美者たちの群にとりかこまれていた。私たちはデッキの上の籐椅子で心地よく揺られていた。昨夜の嵐はすつかり晴れ上り、快適な時間だつた。

「私にも はつきり わかりません」と、私は彼女に答えた。「ですが、私たちが、あのルパンの宿敵である老ガニマールがやつたぐらいうまく、私たちだけで調査することはできないものでしょうか？」

「まあ！ そんなこと！」

「どうして ですか。そんなに むつかしい 問題でしょうか？」

「とてもむつかしいと思うわ」

「それは、お嬢さん、あなたが問題を解くべき要素を忘れていらつしやるからですよ」

「どんな要素を？」

「第一にです、ルパンはR……氏と名のつているでしょう」

「あまりはつきりしない特徴ですわ」

「第二に、彼はひとりで旅行しています」

「そんなことが役に立ちますかしら！」

「第三に、彼はブロンドです」

「それで？」

「それですから、私たちは乗客名簿をあたつて、該当しない者の名をふるい落して行けばいいじやありませんか」

私は乗客名簿をポケットにもつていたので、それをとり出してめくつた。

「先ず名前の頭文字からはじめますと、私たちの注意をひく人物は十三人です」

「たつた十三人ですの？」

「一等船客には、そうです。これらのRの頭文字のついた十三人のうち、九人は御承知のように妻子や召使いをつれています。残るのは四名ですな、ラベルダン侯爵……」

「大使館付書記官ですわ」と、ネリー嬢がさえぎつた。「わたしの知り合いです」

「ローソン大佐……」

「私の伯父です」と他の一人が言つた。

「リポルタさん……」

「はい」と、私たちの一人が叫んだ。見事な黒髭で顔をおおわれたイタリヤ人だつた。

　ネリー嬢はふきだした。

「あの方はぜんぜんブロンドじやありませんわ」

「それでは」と、私はつづけた。「私たちは、リストの最後の一人が犯人だと結論せざるをえませんな」

「つまり？」

「つまり、ロゼーヌ氏です。誰かロゼーヌさんを知つていますか？」

　誰ひとり答えなかつた。ネリー嬢は例の無口な青年、彼女にいつもよりそつて、私をずいぶん苦しめた青年を呼んで、たずねた。

「ねえ、ロゼーヌさん、ご返事なさいませんの？」

　人々は彼の方に視線を向けた。彼はブロンドだつた。

　実をいうと、そのとき私は心に小さなショックをうけた。また、私たちにのしかかつた、この気づまりな沈黙からおして、他の人々もやはりこの種の息づまるようなおどろきにうたれたにちがいなかつた。といつて、これは道理にはずれたことだつた。何故なら、この男の態度のなかには、なんら疑いをかけられるようなところはなかつたからだ。

「どうして答えないかですつて？」と、彼は言つた。「だつてぼくは、ぼくの名前、ぼくのひとり旅、それにぼくの髪の色を考え合せて、自分から同じような調査を行い、同じような結果に到達したからです。従つてぼくは逮捕されるべきだと思います」

　こうした言葉を語りながら、彼は滑稽な様子をしていた。二本の真直な矢のように結ばれた彼のうすい唇は、いつもよりさらにうすく、血の気を失つていた。彼の目は血走つていた。

　もちろん彼は、冗談を言つていたのだ。しかし彼の顔つきや態度は、私たちにふかい感動を与えた。ネリー嬢はなおも無邪気にたずねた。

「でも、あなたには傷はないでしよう？」

「そうです」と、彼は言つた。「傷はありません」

彼は神経質なしぐさで袖をまくり上げ、腕を出した。しかしすぐに私はあることに気づいた。私とネリー嬢は互に顔を見合せた。彼の見せた腕は左腕だつた。

そこで私がその点を突つこもうとしたとき、ある事件が起つて私たちの注意をそらせた。ネリー嬢の女友だちのジャーラン夫人が駆けこんできたのである。

彼女は色を失つていた。人々はあわてて夫人のまわりに集つた。夫人はやつとの思いで、次の言葉を口ごもつた。

「わたしの宝石、わたしの真珠！……みんな、盗まれてしまいました！……」

いや、後になつてわかつたことだが、みんな盗まれたのではなかつた。奇妙なことに、選んで盗まれたのだ！

星型のダイヤモンド、カボションふうのルビーのペンダント、引きちぎられた首飾りや腕環のうちで、いちばん大きな宝石ではなく、いちばん精巧でいちばん高価な、いいかえれば、いちばん場所をとらないで最も価値のある宝石が盗まれたのだ。宝石の台金は、テーブルの上にちらばつていた。私は見た、私たち全員は見た、それらの台金が、まるで光り輝き色鮮やかな美しい花びらをもぎとられた花々のように、宝石をもぎとられているのを。

この仕事をするためには、ジャーラン夫人がお茶をのみに行つた間をねらわねばならなかつた。真昼間、しかも人通りの多い廊下で船室の扉をこじあけ、帽子箱の底にうまくかくされた小さな袋を見つけ出し、それを開いて選ばねばならなかつたのだ！

私たちはみんなあつと叫んだ。犯罪が知れわたつたとき、乗客全員の意見はただひとつだつた——これはアルセーヌ・ルパンだ、と。事実、この手のこんだ、神秘的で想像を絶した、それでいて論理的な仕事はまさしく彼のやり口だつた。というのは、宝石類をみんな盗つた場合、かさばつて、かくすのが困難であるにくらべて、真珠とか、エメラルドとか、サファイアといつた、それぞれひとつひとつになつた小さいものをかくすのは、どんなにたやすいことだろう！

そして夕食のときこんなことが起つた。ロゼーヌの左右の席は両方とも空いていた。そして夜になつてから、彼が船長に呼び出されたことがわかつた。

彼の逮捕を、誰も疑わなかつた。みんなはすつかり安心した。やつと息がつけたのだ。その晩、ささやかな祝賀会が開かれ、人々は踊りまくつた。とくにネリー嬢はとても陽気にはしやいだ。それは私に、彼女がはじめのうちはロゼーヌの言葉にうれしがつたかもしれないが、いまではそれもすつかり忘れてしまつていると考えさせた。彼女の優雅さに私はすつかりまいつてしまつた。真夜中頃、すみわたつた月の光の下で、私は彼女に感動をこめて愛を打ちあけた。彼女は別に不快な様子も示さなかつた。

しかしながらその翌朝、ロゼーヌが証拠不充分で釈放されたのを知つたとき、みんなはすつかり驚いた。

ボルドーの豪商の息子だつた彼は、完全に規定どおりの旅券をもつていた。その上、彼の両腕にはかすり傷さえなかつた。

「旅券だつて！　出生証明書だつて！」と、ロゼーヌを敵視する人々は叫んだ。「アルセーヌ・ルパンだつたら、そんなものは何でもつくるだろう！　傷といつたつて、なかつたかもしれないし……またあつたところで、痕を消したんだろう！」

盗難のあつた時刻に、ロゼーヌはデッキを散歩していた――これは証人があつた――といつて反対する人々もあつた。これに対して前の人々は反撃した。

「アルセーヌ・ルパンのごとき男が、自分の企てた犯罪に自分で手をつけるだろうか？」

ところが、すべての相反する見解の外に、どんなに懐疑的な人もけちをつけることができない一点があつた。ロゼーヌを除いて、他にひとりで旅行しており、ブロンドの髪で、Rではじまる姓名をもつている者があろうか。電報の指名しているのはロゼーヌでなければ誰であろうか。

昼食のすこし前、ロゼーヌがずうずうしくも私たちの一団の方へ近寄つてきたとき、ネリー嬢とジャーラン夫人は立ち上つて、席をはずした。

ほんとうに彼を怖がつていたのだ。

一時間後、船の乗組員や水夫や上下の乗客の手から手へと次のような回状が渡された。

《ルイ・ロゼーヌ氏は、ルパンの変装を発見するか、もしくは盗まれた宝石の所有者を見出した方に、一万フランを進呈する》

「もしこの盗賊を逮捕するのにどなたも手助けしてくださらないなら」と、ロゼーヌは船長に断言した。「ぼくは自分でやりましょう」

ロゼーヌ対アルセーヌ・ルパン、もつとわかりやすくいえば、アルセーヌ・ルパン対アルセーヌ・ルパン、この闘いはさぞかし面白いだろう！

それは二日間のあいだつづけられた。

ロゼーヌは船中いたるところを歩き廻り、あらゆることに頭をつつこんで、質問し、探しまわつた。夜になつても、さまよい歩く彼の姿が見うけられた。

一方、船長の方も大いに活動を開始した。『プロヴァンス』号の船内は、隅から隅まで洗いざらし探された。犯人の部屋以外にも、どんなところに盗品がかくしてあるかわからないというまことにもつともな口実の下に、ひとつの例外もなくあらゆる客室が捜索された。

「きつと最後には何か発見されるでしょうね」と、ネリー嬢は私にたずねた。「いくらなんでも、ダイヤや真珠を見えなくしてしまうわけにはいきませんものね」

「そうでしょうね」と、私は答えた。「さもなければ、私たちの帽子の中とか、上衣の裏がわとか、私たちが身につけている全部のものを調べなければならないでしょうな」

そして、私は彼女に私の9×12のコダック・カメラを示した。このカメラで私はあきもせず彼女のいろいろな姿をうつしたのだつた。

「これよりもつと小さな箱の中へでも、ジャーラン夫人の宝石はみんな入れられるではありませんか。写真をうつしているように見せかければ、それまでですよ」

「だけど、後へ何かの跡を残していかないどろぼうはないつて話ですわ」

「いや、ありますよ、アルセーヌ・ルパンが」

「なぜ？」

「なぜ？　つて、彼は盗むということを考えるばかりでなく、その盗みがばれるあらゆる場合のことを考えているからですよ」

「はじめは、あなたはもつと楽観的でしたわ」

「だがあれから私は彼の手口を見たのです」

「じや、それで、あなたの御意見は？」

「私の意見では、時間の浪費ですよ」

　そして事実、この調査は何らの成果ももたらさなかつた。或いは少くとも、調査から得られた成果は一般の努力と合致しなかつた。船長の懐中時計が盗まれていたのである。

　怒り狂つた船長はいつそう熱意をもやし、ロゼーヌを何回となく取り調べ、彼の身辺をいつそう厳重に警戒した。その翌日、皮肉なことに、盗まれた時計は副船長のカラーのなかから現われた。

　こうしたことはすべて奇蹟のように思われた。そしてそれは、強盗であると同時にディレッタントであるアルセーヌ・ルパンのユーモリストとしての一面をよくあらわしていた。彼が仕事をするのは趣味と職業からであるのはたしかだつたが、また楽しみのためでもあつたのだ。彼はあたかも、自分が演出した芝居を見て楽しみ、舞台裏で、自分の才気のひらめきや、自ら創作した場面に大笑いする男のような印象を与えた。

　たしかに彼は彼なりの芸術家だつた。そしてロゼーヌが意気銷沈しながら、なおもかたくなに自分の意見をとおすのを観察し、この滑稽な人物が果しているにちがいない一人二役のことを考え合せてみると、私は彼に対しある種の感歎の念を感ぜずにはいられなかつた。

　ところが一昨夜、当直の船員がデッキのいちばん暗いものかげから、呻き声がきこえてくるのを耳にした。彼が近よつてみると、頭を厚い灰色のマフラーで包まれ、両手を細引でしばられた一人の男が横たわつていた。

　すぐにその紐をほどき、男を抱き上げて手当を加えた。

　その男はロゼーヌだつた。

ロゼーヌは捜査中に襲われ、しばられた上に所持金を奪われていた。彼の着物には次のような文句を書いた名刺がピンでとめてあつた。

《アルセーヌ・ルパンは、ロゼーヌ氏の一万フランをありがたく頂だいします》

実際には、奪いとられた財布のなかには千フラン札が二十枚いれてあつたのである。

もちろん、この不幸な男は芝居をして自分が襲われたように見せかけたといつて非難された。しかし、自分で自分をこのようにしばるのは不可能であるし、また名刺に書かれていた筆蹟はロゼーヌのものとは全くちがつているのに反し、船中で発見された古い新聞にのつているアルセーヌ・ルパンの筆蹟と間違えるほどよく似ていた。

だからロゼーヌは、もはやアルセーヌ・ルパンではなかつた。ロゼーヌはボルドーの豪商の息子ロゼーヌだつたのだ！こうしてアルセーヌ・ルパンの存在は再び確認された、しかも何というおそるべき行為によつて！

みんな怖がりはじめた。もはや船室にひとりでいるものはなくなつた。ましてや人気のない場所へ行こうとするものはなかつた。人々はお互に信用のおけるものたちだけで用心深く集団をつくつた。のみならずどんなに親しい間柄の人たちも何となく警戒しあうようになつた。というのは、あるひとりの人物がこわいというわけではなかつたからである。ところがいまでは、アルセーヌ・ルパンはすなわち……すべての人々だつた。私たちの興奮しきつた想像力は、彼に奇蹟的で限りない力を与えた。彼はどんなに思いがけない変装をしているかもしれなかつた。あるときはあのいかめしいローソン大佐になつたり、また、あるときはあの上品なラベルダン侯爵になることもできたろう。いやもしかすると、もはや例の頭文字もたよりにならないから、夫人や子供や召使いをつれた、顔みしりのだれそれかもしれなかつた。

無電はその後なんらのニュースをも伝えなかつた。少くとも船長はそれについて何も語らなかつたが、そうした沈黙は私たちを決して安心させなかつた。

こんなわけで、航海はいつまでたつても終らないように思われた。人々は来るべき不幸を怖れながら生きていた。今度こそは、たんなる盗みや暴行ではなく、きつと犯罪、殺人であろう。アルセーヌ・ルパンがあんな二度の盗みでひきさがるとはだれも考えなかつた。いまや彼は船中の絶対君主であり、それを取りしまる力はないも同然であるから、彼は欲するがままにあらゆることをすることができるし、人々の財産や生命をほしいままにすることができたのだ。

　実をいえば、これらの時間は私にはとても楽しかつた。というのは、私はしだいにネリー嬢の信頼を得るようになつたからだ。彼女は生れつき感じ易い性質だつたが、ひきつづき起つた事件に心を乱されて、自らすすんで私に対し保護と安全を求めてきたのだつた。私は喜んでそれらを彼女に提供した。

　私は心の底でアルセーヌ・ルパンに感謝していた。私たち二人を親しくさせたのは彼ではなかつたろうか。彼のおかげで私はこよなく美しい夢にふけることができたのではなかろうか。それらは愛の夢とかなり現実的な夢だつた。アンドレジイ家はポワトゥ地方の名家であるが、家名はいささか色があせていた。従つて、紳士が自分の家名に失われた光彩をとりもどそうと考えるのは、それほど見下げ果てたことでもないと私は思つた。

　そしてそれらの夢は決してネリー嬢を不快にさせはしないと私は感じた。彼女のやさしいまなざしが私にそれを夢見るのを許したのだ。彼女の甘い声が私に希望をもたせてくれたのだ。

　こうして最後の瞬間まで、私たち二人は舷側に肱をついて互に寄りそつていた。アメリカ大陸の沿岸が一線となつて私たちの前に現われはじめた。

　ルパンの捜索は中止された。人々は待つていた。一等船室から、移民たちがひしめいている三等船室にいたるまで、人人は、解きえなかつた謎が説明される至上の瞬間を待つていた。誰がアルセーヌ・ルパンだろうか。あの名高いアルセーヌ・ルパンは、いかなる名前の下に、いかなる仮面の下にかくれていたのだろうか。

　そしてこの至上の瞬間はやつてきた。これから百年も長生きしようとも、私はその時のことはどんなに細かいことでも忘れないであろう。

「あなたはとても顔色が青いですね、ネリーさん」と私は、ほとんど気を失いそうになつて私の腕にすがりついていた彼女にいつた。

「あなただつて！」と、彼女は答えた。「とても落着きがないようですわ！」

「考えてごらんなさい！　この瞬間はすばらしいですよ、それに私はこの瞬間をあなたと一緒に過すのがとても幸福なのです、ネリーさん。私にはあなたの思い出がきつといつまでも……」

彼女は熱つぽく息をはずませ、私の言葉も耳に入らないようだつた。その間にタラップがおろされた。しかし私たちがそれを渡る前に、税関吏や制服の役人や赤帽たちが甲板にのりこんで来た。

ネリー嬢はつぶやいた。

「アルセーヌ・ルパンが航海中に逃げてしまつたつてことがわかつても、私はおどろかないわ」

「彼はおそらく不名誉よりも死を選んだのでしよう、そして捕えられないうちに大西洋に身を投じたのでしよう」

「冗談にしないで下さい」と、彼女はいらだたしげに言つた。

そのとき突然、私は身ぶるいした。彼女が私にそのわけをたずねたので、私はいつた。

「タラップのいちばん端に小さな老人が立つているのが見えるでしよう……」

「雨傘をもつて、青みがかつたオリーブ色のフロックの人？」

「あれがガニマールです」

「ガニマール？」

「そうです、有名な警部です。アルセーヌ・ルパンを必ず自分の手で捕えてみせると誓つた男です。大西洋のこちら側では、たいして情報もなかつた様子ですね。ガニマールが自分で出向いて来ているところをみると。それに自分の仕事に他人から干渉されるのもいやなんでしようがね」

「では、きつとアルセーヌ・ルパンは、つかまるんでしようね」

「さあどうですかね、ガニマールはルパンが顔を変えたり、変装した姿しか見たことがないようですよ。彼がルパンの変名を知らなければ……」

「ああ！」と、彼女は女性特有のいささか残酷な好奇心をこめて言つた。「わたし、ルパンがつかまるところが見たいわ！」

「まあ、お待ちなさい。きつとアルセーヌ・ルパンも自分の敵が現われたことに気づいたでしよう。彼は老人の目が疲れたときをねらつて、最後の人々の間にまじつて出て行くでしよう」

　上陸が始まつた。ガニマールは雨傘によりかかり、無関心な様子をして、二本の手すりの間を急ぐ人々の流れにまつたく注意をはらつていないように見えた。彼の後ろに一人の船員がついていて、時どき彼に注意を与えているのに私は気づいた。

　ラベルダン侯爵、ローソン大佐、イタリヤ人のリボルタ、その他大勢の人々が列をつくつておりていつた……次に私はロゼーヌが現われるのを見た。

　かわいそうなロゼーヌ！　彼は自分にふりかかつた災難からまだ恢復していないようだつた。

「やつぱり、あの人なのかしら」と、ネリー嬢は私に言つた。「あなたはどうお考えになる？」

「ガニマールとロゼーヌとを同じ写真にとつたらとても面白いじやないですか。両手がふさがつていますから、すみませんが私のカメラでうつして下さい」

　私は彼女にカメラを渡した。しかし彼女がうつそうとしたときには、もう機会を失つていた。ロゼーヌは通りすぎてしまつた。船員はガニマールに耳うちした。ガニマールはかるく肩をすくめた。ロゼーヌは通りすぎた。

　それでは、いつたい全体、誰がアルセーヌ・ルパンなのか？

「そうね」と、彼女は大声で言つた。「誰でしようね？」

　もうあとには二十人あまりの人しか残つていなかつた。彼女は、これらの二十人の人々のなかに彼がいやしないかと、ぼんやりとした恐怖でひとりひとり見廻した。

　私は彼女に言つた。

「これ以上待つてはいられませんね」

彼女が先にたつた。私は彼女につづいた。しかし私たちが十歩も歩かないうちに、ガニマールが行手をはばんだ。

「おや、どうしたんだ？」と、私は叫んだ。

「ちよつと、あなた、お急ぎですか？」

「私はこの令嬢と一緒です」

「ちよつとお待ち下さい」と、彼は前よりもきびしい声で言つた。

彼は私の顔をしげしげと見つめた。それから彼は私の目を見すえながらいつた。

「アルセーヌ・ルパンだ、そうだろう？」

私は笑いだした。

「いや、ベルナール・ダンドレジイですよ、ほんとに」

「ベルナール・ダンドレジイは三年前にマケドニアで死んでいる」

「ベルナール・ダンドレジイが死んでいるとすれば、私はもうこの世にはいないはずです。ところが、事実はそうではありません。ここに私の旅券があります」

「それは彼のだ。どうして君がそれを手に入れたか、それをこれから説明してやろう」

「しかし、あなたはどうかしてますよ！　アルセーヌ・ルパンはRのついた姓で船にのつていたはずです」

「そうだ、それも君のトリックだ、おとし穴だ、君はその穴の中へ彼らをほうり込んだんだ、船の連中をな！　ああ！　君はすばらしい力をもつている。だが今度こそ、運がつきたんだ。おい、ルパン、負けつぷりをよくしろよ」

私はしばらくためらつた。すばやく彼は私の右腕の上膊部を打つた。私は苦痛の叫びをあげた。彼は電報にあつたように、まだ治りきつていない傷の上を打つたのである。

こうなれば、もうあきらめねばならない。私はネリー嬢の方を向いた。彼女は蒼白になつてよろめきながら、耳を傾けていた。

彼女の視線は私の視線にであつた、それから私が手渡したコダックの上に下された。彼女は急にはつとした身振りをした。それで私は彼女が突然に理解したという印象をうけた。いや確信をもつた。そうだ、そこだつたのだ、黒いさめ革のせまい隙き間のなかに、ガニマールが私をとらえる前に用心して彼女の手に預けておいた小さなカメラの中に、そのなかにロゼーヌの二万フランも、ジャーラン夫人の真珠も宝石も入つていたのだ。

ああ！　私は誓つてもいいが、この厳粛な瞬間に、ガニマールと二人の手下が私を取り囲んだとき、あらゆることが私にはどうでもよくなつたのだ、私の逮捕も、人々の敵意も、すべてが。ただ、ネリー嬢が私から託された品物をどうしようとするかということ以外には。

私に対するこのような決定的な物的証拠が他人の手に渡されるかもしれないということさえ、まつたく私はおそろしいとは思わなかつた。しかしネリー嬢はこの証拠を渡そうとするだろうか。

私は彼女に裏切られ、彼女のために身を滅ぼすだろうか？　彼女は容赦なき敵として行動するだろうか、それともまた、思いやりのある女性として、その軽蔑をいくらかの寛容で、いくらかのひそかな同情で和らげる女性として行動するだろうか？

彼女は私の前を通りすぎた。私は一言もいわないで低く頭を下げた。彼女は他の旅客に混じつて、私のコダックを手にしたままタラップの方へ歩いて行つた。

「おそらく」と、私は考えた。「彼女は人前をはばかつているのだろう。一時間後に、いや、もうすぐ、彼女はあれを渡すだろう」

しかし、タラップの途中へさしかかつたとき、彼女はわざとぎこちない素振りをして、カメラを岩壁と船との間の海中に落した。

それから私は彼女が遠ざかつて行くのを見た。

彼女の美しい姿は群衆のなかに消え、もう一度現われて、遂には見えなくなつてしまつた。それが最後だつた。永久に終りだつた。

しばらくのあいだ、私は悲しみと甘い感動にひたされて動かないでいた。それから私は溜息をついて言つた。ガニマールはそれにとても驚いた。

「やつぱり、かたぎの人間でないのはつらいことだな……」

ある冬の夜、アルセーヌ・ルパンは、このように彼が逮捕された物語を私に語った。ある偶然の事件が私たちを友情……? のきずなでもつて結びつけていた——私はその事件の物語をそのうちに書いてみたいと思つているが——そうだ、アルセーヌ・ルパンはかたじけなくも私にいくらかの友情を抱いてくれているのだ、彼がときどきだしぬけに私の家を訪れ、私の静かな書斎のなかに、彼の若やいだ陽気さと、彼の熱烈な生活の輝きと、運命に可愛がられ微笑みかけられた男の上機嫌をふりまいていくのは、私に友情を抱いているからなのだ。

彼の人相だつて？　どんな具合に言つたらいいだろうか。私はすでに二十回もアルセーヌ・ルパンに会つているが、二十回とも私の前に姿を現わしたのは違つた人物なのだ……、というよりむしろ、ひとりの同じ人物の姿を、二十の鏡がそれぞれ異つた映像にして私に伝えるのであるが、そのひとつひとつがそれぞれ独自の目つき、特殊な顔つき、独特の身ぶり、固有のすがたと性質をもつているのだ。

「ぼく自身でも」と、彼は私にいつたことがある。「もはやどれが本当のぼくなのかわからないんだ。鏡の前に立つても自分で自分を見わけられないんだ」

たしかにこれは冗談であり逆説であろう。しかし、彼に出あつた人々や、彼のつきることなき知謀を、彼の忍耐を、彼の変装の技術を、自分の顔の部分までも変形し、顔の造作の間のつり合いすら改変する彼のすばらしい能力を知らない人人にとつて、それは真実であろう。

「どうして」と、彼はなおもつづけた。「ぼくはひとつのきまつた容貌をもつていないんだろう？　それでいてどうしていつも同じ個性をもつているという危険の方は避けようとしないんだろう？　ぼくの行為を見ればすぐにぼくだということがわかるんだからな」

それから彼は少しばかり得意げに、きつぱりした口調で語つた。

「人から君がアルセーヌ・ルパンだ、と言いあてられないのは有難いよ。だが大事なことは、これこそアルセーヌ・ルパンの仕業だ、と間違いなく言われるようにすることなのだ」

これから私が語ろうとする彼の冒険のかずかず

は、ある冬の夜、私の静かな書斎で、彼が親しく私に物語ってくれた打ちあけ話からえらんだものである……

獄中のアルセーヌ・ルパン

およそ旅行家という名にふさわしい旅行家で、セーヌ河の河岸を知らず、ジュミエージュの廃墟からサン・ヴァンドリルの廃墟に行く道で、流れに面した岩の上に誇らかにそびえ立つマラキの不思議な小さい古城を知らぬものはあるまい。一本の橋弧が城と道路とをつないでいる。うすぐらい小塔の土台は、城を支える花崗岩と同じものであるが、その巨大な岩はどこかの山からけずりとられて、まるでおそろしい地震によつてそこに投げ出されたようである。城の周りには、大河のゆるやかな流れが葦の間にたわむれ、せきれいの群が小石の濡れた石ころの上をふるえながら飛び交つている。

マラキの歴史は、その名のごとく苛酷で、その姿のごとくあらあらしい。闘争と、包囲と、突撃と、掠奪と虐殺があるばかりだ。コー地方では、そこで犯された幾多の犯罪の思い出が今でも身顫いしながらの夜話のたねにされている。かずかずの神秘的な伝説が語り伝えられている。昔はジュミエージュの僧院やシャルル七世の愛妾アニェス・ソレルの館までつながつていた、あの有名な地下道のことも語られている。

この英雄と悪党たちの昔の巣窟に、ナタン・カオルン男爵が住んでいる。彼は株式であまり突然に金をもうけたので、株式市場では悪魔男爵と呼ばれていた。マラキの所有者は破産して、二束三文で祖先の住居を彼に売り払つた。彼はその城に、家具、絵画、陶器、木彫などのすばらしいコレクションを集めた。彼はそこに三人の召使いと共に孤独な生活を送り、何人も城内に入ることを許さなかつた。古い部屋に飾られた彼の所有する三枚のルーベンス、二枚のワトー、ジャン・グージョンの椅子、その他競売の常連の金持たちから紙幣の山とひきかえに巻き上げた珍らしい芸術品を観賞できた人はひとりもいなかつた。

悪魔男爵は怖れていた。彼は自分のために怖れていたというより、彼があれほど執拗な情熱と、どんなに狡猾な商人によつてもだまされない愛好家の洞察力でもつて蓄積した財宝のために怖れていた。彼はそれらの財宝を愛していた。彼はそれらを吝嗇家のごとく貪欲に、恋人のごとく嫉妬ぶかく愛していた。

毎日、日没と同時に、橋の両端と正面広場の入口を占める鉄の鎧戸のついた四つの扉は閉じられ、錠を下される。どんなにかすかな衝撃でも、ベルが沈黙のなかにひびきわたる。セーヌ河に面した側は心配無用である。断崖絶壁になつているからだ。

ところで、九月のある金曜日のこと、いつものように郵便配達夫が橋のところに姿を現わした。そして、いつもの例にしたがつて、男爵が自ら重い鉄の扉を細目に開けた。

彼は郵便配達夫の善良そうで陽気な顔と、農民らしいあざ笑うような目つきを、数年前から見なれたものではないかのように、しげしげと見つめた。配達夫は笑いながら言つた。

「いつも私でございますよ、男爵さま……私以外のものが、この上衣と帽子をかぶつて参ることはありません」

「わかるもんか」と、カオルンはつぶやいた。

配達夫は彼に一束の新聞を手渡した。それから、彼は言つた。

「ところで、男爵さま、珍らしいものがございますよ」

「珍らしいもの？」

「手紙です……しかも、書留です」

世間からはなれて、友人もなければ誰ともかかわり合いのない生活をしていた男爵は、一度も手紙を受けとつたことがなかつた。そこで直ちに、それは心配の種になる悪い前兆のように思われた。彼の隠居所のなかまで彼を追いかけてきたこの不思議な手紙は何であろう？

「サインが必要です、男爵さま」

彼はぶつぶつ言いながらサインした。それから配達夫が道をまがつて姿を消すまで待ち、二、三歩あたりを歩き廻つてから、橋の欄干によりかかつて、手紙の封を切つた。その中には〈パリ、ラ・サンテ刑務所〉と頭書された一枚の便箋が入つていた。彼は署名を見た。アルセーヌ・ルパン。彼はびつくりして読んだ。

《男爵殿

貴家のサロン二室をつなぐ陳列所には、フィリップ・ド・シャンペーニュ筆の絵画がありますが、これはすこぶる名品にして、きわめて小生の気に入りました。貴家のルーベンスもまた、ワトーの小品と同様に、小生の趣味にかなつたものです。右手のサロンには、ルイ十三世時代の食器棚、ボーヴェの敷物、ヤコブ署名入りのアンピール式円卓、ルネッサンス時代の櫃が注目に値しますし、左手のサロンの宝石や細工物入りのガラスケースもまた然りです。

今回は、捌け口が容易にみつかると思われる右の品にて満足いたしますから、お手数ですが右の品々を適当に荷造りのうえ、一週間以内に、バチニョール駅留にて、小生名宛に（運賃支払い済みのうえ）御送付願います……右履行なき場合には、九月二十七日水曜日より二十八日木曜日にかけての夜、小生自身が頂きに参上いたします。そしてこの場合には、当然、右の品々のみにては満足いたしかねると思います。

突然にお手紙さし上げましたことお許し下さい。何とぞ小生の尊敬の気持をお受け下さい。

アルセーヌ・ルパン

追伸、ワトーの大型は特に御送付には及びません。貴殿はパリ競売所にて、三万フランで御入手になりましたが、右は模写にすぎず、原作は執政官政府（一七九五—一七九九年）の狂乱の一夜、バラスにより焼却されました。くわしくはガラ著の未刊の「回想録」を御参照下さい。

またルイ十五世時代の帯飾り宝石も、本物か否か疑わしいと思われますから、必要といたしません》

この手紙はカオルン男爵を顚倒させた。他の人の署名であつても、相当に彼の心を不安にさせたであろうが、ましてやアルセーヌ・ルパンの署名では！

彼は新聞の熱心な読者であり、窃盗や犯罪など社会に起つた事件には精通していたから、悪魔のような強盗のかずかずの功績を知らないはずはなかつた。たしかに彼は、ルパンが――やつと！――アメリカでガニマールに逮捕され、投獄されて、目下、予審が行われていることを知つていた。しかしまた彼は、ルパンのことだから何をしでかすかわからないということも知つていた。とにかく、この城や、絵画及び家具の配置に関する正確な知識はもつとも怖るべき証拠だつた。だれひとりとして見たことがないこれらのものについて、ルパンは誰から情報をえたのだろうか。

男爵は目を上げ、マラキの城のおそろしい姿、切り立つた台石、それを取り巻く深い水を眺め、肩をすくめた。いや、たしかに、全く危険はない。何人たりと彼のコレクションの犯すべからざる聖殿に侵入することはできないのだ。

何人も、そうだ、しかしアルセーヌ・ルパンは？　アルセーヌ・ルパンにとつて、扉や、跳開橋や城壁が存在しているだろうか。アルセーヌ・ルパンがこのような目的を遂行しようと決心したからには、どれほどうまく考えられた障害物でも、どれほど巧妙な警戒でも何の役にたつだろうか。

その夕方、彼はルーアンの検事に手紙を書いた。彼は脅迫状を同封し、援助と保護を求めた。

返事はすぐにとどいた。アルセーヌ・ルパンなる者は、現在ラ・サンテ刑務所に抑留中であり、厳重に監視され手紙を書くことは不可能であるから、この脅迫状はいたずら者のしわざであろう。現実の事実はもとより、論理的に考えても、良識にてらしあわせても、あらゆることがそれを証明している。それでも、念のため、専門家に筆蹟の鑑定を依頼したところ、専門家は、いくらか似たところもあるが、この筆蹟は拘留中の男のものではないと断言したとのことだつた。

《いくらか似たところもあるが》男爵はこのおどろくべき言葉しか心にとめなかつた。そこに彼は、自分だつたら当然警察の介入を必要とする疑惑の告白を読みとつた。彼の恐怖は更にはげしさをました。彼は幾度も脅迫状を読みかえした。《小生自身が頂きに参上いたします》それに、このはつきりと書かれた日付、九月二十七日水曜日から二十八日木曜日にかけての夜！

疑いぶかくて無口な彼は、いままで召使いたちに自分の心を打ち明けたことは一度もなかつた。忠実な召使いたちも彼にはまつたく信用できなかつた。ところが、ここ数年来はじめて、彼は話しかけ、意見を求めたいという欲求におそわれた。国の法律に見はなされた彼は、もはや、自分自身の方法で防衛することしか望まなかつた。そこで、彼はパリまで行つて、誰か以前に警官であつた人の助力を求めようと決心した。

　こうして二日過ぎた。二日目、新聞を読んでいた彼は、喜びに身をふるわせた。『コードベック朝報』は、次のような小記事をのせていた。

《警視庁のヴェテラン刑事の一人である、ガニマール主任警部は、三週間当地に滞在する模様である。ガニマール氏は、最近のアルセーヌ・ルパン逮捕の功績により全ヨーロッパに名声を博した。氏ははぜ及び鯉釣りで長年の疲労をいやすとのことである》

　ガニマール！　彼こそまさしくカオルン男爵が求めていた助力者なのだ！　あのずるがしこく忍耐づよいガニマールよりうまくルパンの計画を挫折させることができるものがいようか？

　男爵はためらわなかつた。城とコードベックの町とは六キロ離れていたが、彼は救済の希望に胸をおどらせた男の軽やかな足どりで、その六キロを一息に駆けつけた。

　主任警部の住所を探し出そうとしていろいろ空しい努力をしたあげく、彼は河岸の中央に位置していた『コードベック朝報』の事務所へ向つた。彼はそこで例の記事を書いた記者を見つけ出した。記者は窓に近よつて、叫んだ。

「ガニマールですつて？　この河岸に沿つていらつしやれば、釣竿を持つた彼にきつと出つくわしますよ。私たちはあそこで知り合いになつたんです。私は偶然に彼の釣竿に書いてあつた名前を読みましてね。ほら、あそこの並木道の木蔭に見える小柄な人ですよ」

「あのフロックコートを着て、麦藁帽をかぶつた？」

「そうですよ！　まつたく、変つた人ですよ、口べたのだんまり屋ですな」

　五分後、男爵は有名なガニマールに近づき、自己紹介をして話しかけてみたが、うまく行かなかつたので、今度は率直に問題を提出して、事情を説明した。

相手は釣糸から目をはなさないで、じつと耳を傾けていたが、聞き終るや男爵の方を向き、あわれむような様子で彼を頭から足の先まで見下してから、言つた。

「君、泥棒をしようと思つている相手に向つて、予告を与えるなんてことはあまりないことですよ。とくにアルセーヌ・ルパンは、そんなでたらめはしませんよ」

「ですが……」

「君、もし私が少しでもあやしいと思つたら、喜んであの親愛なるルパン君をもう一度刑務所へぶち込みますよ。ところが不幸にも、あの青年はいま獄中にいるのだ」

「もし彼が逃げ出せば……」

「ラ・サンテからは逃げ出せませんよ」

「だが、彼は……」

「彼だつて、人間であることにかわりない」

「それでも……」

「それなら、逃げたなら逃げたうえのことですよ。何のことはない、もう一度つかまえるだけだ。それまで枕を高くしてやすみなさい。もうこれ以上はぜ釣りの邪魔をしないでください」

　会談は終つた。男爵はガニマールが呑気にかまえているのに、少しばかり気を強くして、家へ帰つた。彼は鍵をたしかめ、召使いの言動をうかがつた。こうして四十八時間が過ぎ去つたが、その間に彼は、結局のところ自分の恐怖は根拠がないものだとほとんど確信するにいたつた。そうだ、たしかに、ガニマールが言つたように、泥棒しようと思つている相手に向つて、予告を与えるはずはないのだ。

　きめられた日時が近づいた。二十七日の前日、火曜日の朝になつても、別に異常はなかつた。しかし三時頃、一人の少年がベルを鳴らした。少年は電報をもつてきたのだ。

《バチニョール駅に荷物なし。明晩の用意せよ。

アルセーヌ》

　再び彼は恐怖におそわれた。いつそのことアルセーヌ・ルパンの要求に応じようかと思つたほどだつた。

　彼はコードベックに駆けつけた。ガニマールは折りたたみ椅子に腰を下して、前と同じ場所で釣りをしていた。一言もいわずに彼はガニマールに電報をさし出した。

「それで？」と主任警部は言つた。

「それで？　明日ですよ！」

「何が？」

「強盗ですよ！　私のコレクションが盗まれるんです！」

ガニマールは釣竿を置き、男爵の方を向いた。そして両腕を胸に組んで、いらだたしげに叫んだ。

「ああ！　あなたはこんなばかげた話に私が関係すると思つているのですか！」

「九月の二十七日から二十八日にかけての夜、城へおいで願うには、いかほどお礼を差し上げればいいでしょうか？」

「一文もいりません。ほつといて下さい」

「値段をきめて下さい。私は金持です、大金持です」

あまりにあからさまな提案にガニマールは面くらつた。彼は前よりもおだやかに言つた。

「私はここへ休暇で来ているのです。だから私にはそんなことに関係する権利はない……」

「誰にもわかりませんよ。どんなことが起つても沈黙を守ることを御約束します」

「いやいや！　何も起りませんよ」

「じや、いかがでしよう、三千フランでは？」

警部はかぎ煙草をひとつまみかぎ、考えたのち、煙草をすてた。

「よろしい。ただはつきり申し上げておきますが、その金は窓から捨てるようなものですよ」

「それでもかまいません」

「それでは……ところで、要するにルパンの奴のことですから、彼は部下の連中に命令しているにちがいない……あなたの召使いは信用がおけますか？」

「それはどうも……」

「まあ、彼らは当にしないことにしましょう。私は電報で友だちのなかから腕つぷしの強い男を二人呼びましょう、その方が安全ですからな……じや、これで、お帰りなさい、われわれが一緒にいるのを人に見られるとよくないですから。また明日、九時頃に」

⁂

その翌日はルパンが指定した日だつた。カオルン男爵は武具を壁からとりはずし、武器に磨きをかけて、マラキ城のまわりを歩き廻つた。しかし別に変つたことは起らなかつた。

夜八時半に、彼は召使いを休ませた。召使いたちは路に面した正面の建物の袖の部屋に住んでいたが、そこはやや引つこんでいて、しかも城のいちばん端の方だつた。ただ一度、男爵はそつと四方の戸を開いてみた。それからしばらくして足音の近づいてくるのがきこえた。

ガニマールは、牡牛のような首と腕力の強そうな手をもつた二人の頑強な助手を紹介し、邸内の説明を求めた。部屋の配置を調べてから彼は、例のサロンへ入りうるすべての通路を厳重に閉ざし、防柵で防いだ。彼は壁を調べたり、敷物を上げたりしてから、中央の陳列所に二人の男を配置した。

「しつかりしてくれよ、いいかい。ここへ寝に来たんじゃないからな。少しでも変つたことがあつたら、中庭の窓を開いて、俺を呼んでくれ。河の方も注意してくれ。十メートルの絶壁でも奴らは恐れないんだからな」

彼は二人を閉じ込め、鍵を下してから男爵に言つた。

「さて、今度は、われわれの部署につきましよう」

彼は厚い城壁の中につくられた小部屋を選んで、そこで夜を過すことにした。それは二つの大門の間にあつて、昔、番兵の屯所となつていた部屋だつた。橋の方と、中庭の方にのぞき窓がひとつずつ開いていた。片隅に井戸口のようなものが認められた。

「男爵、これがあなたのおつしやつた井戸で、地下道のただひとつの入口だつたんですね。だがいまは、たしかふさいであるんでしよう？」

「そうです」

「では、誰も知らない他の入口がない限り、アルセーヌ・ルパンだけは少々あやしいとしても、まあわれわれは安心していいですよ」

彼は椅子を三つならべて、その上に心地よさそうに横になり、パイプに火をつけて、ため息をついた。

「まつたく、男爵、こんな初歩的な仕事を引きうけたおかげで、私が余生を送る小さな家にもう一階つけたしができるなんて。私はこの話をルパンのやつに話してやりましよう、彼は腹をかかえて笑いますよ」

　男爵は笑わなかつた。彼は耳をそばだてて、しだいに増大する不安のうちに、あたりの静寂をうかがつていた。ときどき彼は井戸の上にかがみこんで、大きく開いた穴のなかに不安げな視線を投げかけた。

　十一時、十二時、一時の鐘が鳴つた。

　突然、彼はガニマールの腕をつかんだ。ガニマールはとび起きた。

「きこえましたか？」

「ええ」

「あれはなんでしよう？」

「私のいびきですよ」

「いやちがいます、ほら……」

「ああ、なるほど、あれは自動車の警笛ですよ」

「それで？」

「それで！　ルパンがあなたの城をこわすのに、破城槌の代りに自動車を使うとは思われませんな。ですから、男爵、私だつたらねむるでしよう……これからもう一度ねむらせていただきますよ。おやすみなさい」

　それだけが変つたことだつた。ガニマールは再び中断された眠りをとりもどし、男爵はもはや彼のよくひびく、規則正しいいびきの音しか聞かなかつた。

　夜明け頃、二人はその小部屋から出た。静かで大きな平和、すがすがしい水のほとりの朝の平和が城を包んでいた。カオルンは喜びで顔を輝かせ、ガニマールは相変らず落ちついて階段を上つて行つた。もの音ひとつしなかつた。少しも異常はなかつた。

「私は前に何といつたでしようか、男爵？　とにかく、私はお受けしなければよかつたのです……私は恥かしい気がします……」

　彼は鍵をとり出して、陳列所に入つた。

　二人の刑事は椅子の上に身体をこごめ、両腕をだらりとさせて眠つていた。

「何ということだ!」と、警部はどなつた。

同時に男爵は叫び声をあげた。

「絵が!……食器棚が!……」

彼は両手をからになつた場所、裸にされた壁にさしのべ、口ごもり、声をつまらせた。壁には釘がむき出しになり、役にたたなくなつた綱がたれ下つていた。ワトーは消えた! ルーベンスも盗まれた! 敷物ははがされた! ガラスケースには宝石がない!

「わしのルイ十六世式の燭台は! それに、摂政時代のシャンデリヤ!……十二世紀の聖母像!……」

彼は驚き失望してあたりを駆けまわつた。彼は買つたときの値段を思い出し、損害をうけた金額を加算し、数字を並べたてた——それもすべてごちやごちやと、きれぎれに、はつきりしない言葉使いで。彼は足を踏み鳴らし、身体をふるわせ、激怒と苦悩で狂つたようになつた。まるで彼は、もはや発狂する以外に途のない破産した男のようだつた。

彼を慰めるものがあるとするなら、それはガニマールの茫然自失した姿だつた。男爵とは反対に、警部の方は身動きひとつしなかつた。彼はあつけにとられて、ぼんやりとしたまなざしであたりのものを眺めていた。窓は? 閉められている。扉の鍵穴は? 異常なし。天井には裂目はないし、床にも穴はない。すべてが整然としている。あらゆることが正確で論理的な計画にもとづいて、体系的に実施されたにちがいない。

「アルセーヌ・ルパン……アルセーヌ・ルパン」と、彼は悲しみにひたされてつぶやいた。

突然、まるでやつと怒りにとらえられたように、彼は二人の男にとびかかり、はげしい勢いで二人を引き起して、ののしつた。しかし二人は全く目を覚さなかつた。

「畜生」と、彼は言つた。「これは変だぞ」

彼は二人の上にかがみこみ、かわるがわる注意して観察した。二人は眠つていたが、それは自然の眠りではなかつた。

彼は男爵にいつた。

「これは眠らされたのです」

「誰に?」

「あいつにですよ、もちろん！……さもなければ、彼の命令をうけた連中です。あいつのいつもの手です。うまくひつかかつてしまつた」

「こうなつたら、もう駄目ですね。どうしようもない」

「どうしようもないですな」

「しかし、これは憎むべきことだ、おそろしいことだ」

「訴えなさいよ」

「そんなことしたつて何になりましよう？」

「いや！　とにかくやつてみなさい……警察には方法が……」

「警察ですつて！　あなた自身でよくおわかりでしよう……よろしいか、今だつて、あなたは何か手掛りを探そうと思えば探せるのに、何もしないでじつとしているのですからね」

「アルセーヌ・ルパンを相手にして、何かを発見するんですつて！　しかし男爵、アルセーヌ・ルパンは後へ何も残しませんよ！　アルセーヌ・ルパンには偶然ということがないんです！　いまになつて私は、彼がアメリカで私に逮捕されたのは、わざとやつたのではないかと思つているくらいですよ！」

「では私は、私の絵を、すべてをあきらめねばならない！　だが彼が盗んだのは私のコレクションのなかの絶品です。私はあれらの品をとりかえすためには金銭をいといません。もし彼に対抗する手段がなければ、彼から値段をいつてもらいたいのです」

　ガニマールはじつと男爵を見つめた。

「なるほど、その言葉は道理にかなつています。後で取り消されるようなことはないですね？」

「ありません、決して。どうしてです？」

「私に考えがあるのです」

「どんな考えが？」

「もし捜査が行きづまつたら、またそのお話をいたしましよう……ただ、私の成功をお望みなら、決して私のことを他言しないで下さい」

　それから彼はあいまいな口調で付け加えた。

「それに、まつたく、私の自慢にはならないことだ」

二人の刑事は、麻酔の眠りから脱け出る人々のぼんやりとした様子で、しだいに知覚をとりもどした。二人は驚きの目をみはり、何のことか理解しようとつとめた。ガニマールに質問されても、二人は何もおぼえていなかつた。

「しかし、君たちは誰かを見たはずだろう？」

「見ません」

「思い出さないかい？」

「はい」

「で、君たちは何も飲まなかつたか？」

二人は考えていたが、一人が答えた。

「私は水をすこし飲みました」

「この水差しの水か？」

「はい」

「私も飲みました」と、もう一人もいつた。

ガニマールはその匂いをかぎ、味をみた。しかし特に変つた味もしなければ匂いもしなかつた。

「さて」と、彼はいつた。「時間の浪費だ。アルセーヌ・ルパンが提案した問題は五分間で解決できるものではない。だが、よし、きつともう一度あいつを捕えてやろう。彼は二回戦に勝つたんだ。決勝戦はこつちのものだよ！」

その日のうちに、ラ・サンテ刑務所に収容中のアルセーヌ・ルパンに対する正式の盗難届がカオルン男爵により提出された。

＊＊＊

しかし男爵は、マラキ城が憲兵や検事や予審判事や新聞記者、更にはどんなところへももぐり込んでくる野次馬たちに明け渡されるのを見たとき、その届を出したことを何回となく後悔した。

事件はすでに与論をわかしていた。事件はこれほど特殊な条件の下に起つたのだし、また、アルセーヌ・ルパンの名前は極めて人々の想像を刺戟したので、いろいろとんでもない物語が新聞紙上を埋めつくし、読者に信じられるようになつた。

しかし、アルセーヌ・ルパンの最初の手紙が《エコ・ド・フランス》新聞に発表されるや（ところが何人も誰がその原文を送つたのか知らなかつた）カオルン男爵が脅迫者から厚かましい予告を与えられたこの手紙は、すさまじい感動をまきおこした。ただちに荒唐無稽な説明がいろいろとあげられた。有名な地下道の存在も思い出された。そして検察庁もそれに影響されて、この方面の調査を開始した。

城内は上から下まで調べられた。石という石はひとつ残らず探られ、板張りや煙突、更には鏡の枠や天井の梁まで研究された。松明の光をかりて、その昔マラキの諸侯が軍需品や食糧などを山と積んだ巨大な穴倉も調べられた。岩壁の内部までも調査された。しかしすべては徒労だつた。地下道の跡は発見されなかつた。秘密の通路などは存在しなかつたのである。

それならそれでいい、と各方面の人々は答えた。しかし家具や絵が幽霊のように消え失せるはずがない。それらはたしかに戸や窓から持ち運ばれたのだし、盗んだ連中もやはり戸や窓から入つて来て、そこから逃げ去つたにちがいない。これらは果してどんな連中なのだろうか。彼らはいかにして侵入し、またいかにして逃走したのか。

ルーアンの検事局は、非力をさとつてパリの警察に援助を求めた。保安部長デュドゥーイ氏は腕ききの刑事を数名派遣した。また長官自身もマラキにおもむいて二昼夜過したが、やはり何らうるところがなかつた。

そこではじめて長官は、それまでに幾度もその手腕を認めたガニマール警部を呼び寄せた。

ガニマールは上司の説明にだまつて耳を傾けた。それから頭を左右に振つて、彼は口を開いた。

「城の取調べにばかり固執するのは、いささか道をあやまつているように思います。解決は他にあります」

「では、どこにあるのか？」

「アルセーヌ・ルパンの身辺にです」

「アルセーヌ・ルパンの身辺に！　そう考えるのは、彼が事件に関係していることを認めることになるぞ」

「私はそれを認めます。それればかりか、私はそれが確実だと思います」

「だがね、ガニマール、それは無理だよ。アルセーヌ・ルパンは投獄されているんだ」

「アルセーヌ・ルパンは、たしかに投獄されています。おっしゃるように、彼は監視されています。しかし、たとえ彼が足に鉄の鎖を巻かれ、手を縄でしばられ、口にさるぐつわをはめられていようと、私の意見は少しも変らないでしょう」

「どうして君はそれほど固執するんだね？」

「と申しますのは、このように大がかりな仕事を考え出すことができる者は、彼をおいて、他にはいないからです。しかも、それを成功するように考え出すのは……いや、もう成功したわけですが」

「そりゃ言いすぎだよ、ガニマール！」

「それが事実なのです。ですから、地下道とか回転石とか、くだらないことを探しまわらないことです。ルパンのような男は、そんな古くさい手は使いません。現代式の、いや未来式の手口なのです」

「で、君の結論は？」

「私の結論は、彼と一時間だけ会見することを許していただきたいということです」

「彼の監房で？」

「そうです。アメリカからの帰りに、船の中で私どもはとても親しくなりました。彼は自分を逮捕した男にいくらか好意をもっているようです。もし彼が自分の体面を汚さないで私に情報を与えることができるなら、彼はためらうことなく私にむだ骨折りをさけさせてくれるでしょう」

　正午少しすぎに、ガニマールはアルセーヌ・ルパンの監房に案内された。ルパンはベッドに横たわっていたが、頭を上げて喜びの叫びをあげた。

「やあ！　これは驚いた。ガニマールさんがおいでとは！」

「ガニマールだ」

「ぼくも自分が好きで入ったこの隠居所のなかで、いろんなことをしたいと思っていましたが……あなたをここにお迎えすることほど強くねがったことはありませんよ」

「そりゃ、どうも」

「いや、いや、ぼくはあなたには敬服していますよ」

「どうも有難う」

「ぼくはいつもいっているのです。ガニマールはフランス一の名探偵だ、と。彼はほとんど――本気でいってるんですよ

――彼はほとんどシャーロック・ホームズに比敵するとね。しかし、まつたく、あなたにこの腰掛けしかおすすめできないのが残念です。お茶もなければ、ビールもありません！　まあ、しばらくの御辛抱ですから、お許し下さい」

ガニマールは微笑しながら腰を下した。囚人は語るのが嬉しくてたまらないのか、再び語りつづけた。

「いやはや、こうしてまともな方とお話しできるのは何という愉快なことでしょう！　ぼくが脱獄の準備をしはしないかと、毎日十回もやつて来て、ポケットや部屋の中を探しまわる密偵やスパイどもの顔には、もうあきあきしましたよ。いやはや、政府はとてもぼくに気をつかつてくれますよ！」

「それはむりもないよ」

「そんなことはありませんよ！　ぼくはこの片隅にそつとほつておいてほしいものです」

「他人の金でね」

「いけませんか？　とても簡単ですがね！　ところで、おしやべりばかりして、つまらないことを申しましたが、あなたはお急ぎなんでしょう。要件に入りましょう、ガニマールさん！　わざわざぼくをお訪ね下さいました御用は？」

「カオルン事件だ」と、ガニマールは率直に言つた。

「ちよつとお待ち下さい……私にはいろんな事件がありますからね！　まず、カオルン事件の一件書類を頭の中に浮かべてみます……ああ！　そうそう、思い出しました。カオルン事件、下セーヌ県のマラキ城……ルーベンス二枚、ワトー一枚、それからつまらないものがいくらかと」

「つまらないもの！」

「いや、たしかに、みんなとるにたらないものですよ。それどころじやない！　だが、事件があなたの興味を引いたというだけで充分です……お話し下さい、ガニマールさん」

「予審の進行状態を説明した方がいいかね？」

「それには及びません。今朝の新聞を読みましたから。あまりはかどつていないようですね」

「だからこそ、君の厄介になりにきたのだよ」

「何なりとお役にたてば」

「ではまずこれだ。事件はみんな君がやつたのかね？」

「一から十まで」

「警告の手紙は？　電報は？」

「このぼくです。どこかに受取書もあるはずです」

　アルセーヌは小さな白木のテーブルの抽出しを開いた。監房にはそのテーブルとベッドと腰掛けしかなかつた。そしてそこから二枚の紙きれをとり出しガニマールにさし出した。

「ああ！　これは」と、ガニマールは叫んだ。「ぼくは君を看視し、何から何まで調べつくしていると思つていた。ところが、君は新聞を読み、郵便の受取りまでもつている……」

「なあに！　ここの連中は大ばかですよ。彼らはぼくの上衣の裏をひつくりかえしたり、靴の底をはがしたり、この部屋の壁をたたいたりしますが、だれひとりとして、アルセーヌ・ルパンがそんなにたやすい隠し場所をえらぶほど間抜けではないと考えるものはいないんですからね。そこが、つけ目ですよ」

　ガニマールは面白がつて叫んだ。

「何という愉快な男だ！　あきれたよ。さあ、例の冒険の話をしてくれよ」

「おやおや！　なかなかうまいですな！　あなたにぼくの秘密をみんな教え……ぼくのからくりの種をあかす……これは重大なことです」

「君の好意をあてにしてはいけないかな？」

「いや、ガニマールさん、あなたがたつておつしやるなら……」

　アルセーヌ・ルパンは二、三度室内を大股に歩きまわつたが、立ち止つて言つた。

「あなたは男爵あての手紙をどうお考えです？」

「君は少しばかりいたずらつけをだして、大向うをうならせようとしたと思うな」

「ああ！　それ、大向うをうならせるだつて！　いいですか！　ガニマールさん、実をいえば、ぼくはあなたがもつとすごいと思つていましたよ。このアルセーヌ・ルパンがそんな子供だましのようなことをするでしょうか！　もし手紙を出さないで男爵から奪うことができたなら、そんな手紙なんか書くでしょうか？　だから、あなたははじめ皆さんにわかつていただきたいのですが、あの手紙は欠くべからざる出発点であり、機械全体を動かす原動力なのです。それでは、順を追つてすすめましよう。よろしかつたら、御一緒にマラキに押し込み強盗に入る準備をしましようか」

「うけたまわろう」

「では、ここに、ちようどカオルン男爵の城のように厳重に閉じられ、防柵のつくられた城があると仮定します。この場合ぼくは、城に近寄ることができないからといつて、欲しくてたまらないその宝をあきらめるでしようか？」

「もちろん、あきらめないね」

「昔のように強盗たちの先頭になつて、城に押し寄せるでしようか！」

「くだらない！」

「では、こつそりとしのびこむでしようか？」

「それは不可能だ」

「残る方法はひとつしかありません、ぼくの考えでは唯一の方法ですが、それはぼくがその城の持主から招待されるようにするのです」

「それは変つた方法だ」

「しかも、きわめてたやすいんです！　そこである日、その持主が一通の手紙を受取ると仮定します。それはアルセーヌ・ルパンという有名な強盗が彼に何をたくらんでいるかを警告する手紙です。彼はどうするでしよう？」

「彼は手紙を検事に届けるだろう」

「すると検事は、《ルパンなる者は現在収監中である》と言つて、とりあわないでしよう。従つて、男爵はまつたく途方にくれて、だれにでも救いを求めたくなります。そうでしよう？」

「むろん、そうなるだろう」

「そこでもし彼が、たまたま二流新聞で、有名な警部が近くの村で休暇を過しているという記事を読めば……」

「彼はその警部のところへ行くだろう」

「おつしやる通りです。しかし、一方では、そうした行為が不可避であると見越して、アルセーヌ・ルパンはもつとも有能な友人の一人にコードベックへ行つてもらつて、『朝報』の、つまり男爵が取つている新聞の記者と親しくなり、自分がしかじかという有名な警部であると思わせるのです。すると、どうなるでしよう？」

「記者は『朝報』紙上に、その警部がコードベックに滞在していると書くにちがいない」

「まさしくそうです。そこで二つにひとつということになります。例の魚——カオルンといつてもいいですが——が針に喰いつかなければ、何も起らないわけです。さもなければ、この方が確実性が多いと思いますが、彼は跳び上つて駆けつけます。こうなればカオルンはぼくの友人の一人に向つてぼくに対抗する援助を求めることになります」

「ますます独創的だ」

「いいですか、例の偽警部は協力を拒否します。そこへアルセーヌ・ルパンの電報です。驚いた男爵は再び私の友人に泣きついて、彼を助けてくれればたんまりお礼すると申し出ます。例の友人は承諾して、ぼくの部下の二人の男を連れて行きます。こうして、カオルンが保護者に監視されている間に品物を窓から持ち出し、そのためにやとつておいた小舟に綱を使つて積みこみます。こんなことは、ルパンには何でもないことですよ」

「じつにすばらしい」と、ガニマールは叫んだ。「計画の大胆さと手口の巧妙さには感心するほかはないよ。しかし、男爵がそんなことを考えつくほど有名な警部は、あまりいないと思うがね」

「一人いますよ。そして一人しかいませんが」

「誰かな？」

「いちばん有名な警部、アルセーヌ・ルパンの宿敵、つまり、ガニマール警部です」

「私か！」

「あなたですよ、ガニマールさん。つぎのことが面白いのです。あなたがあちらへ行つて、男爵の話をきくことになつたら、あなたは自分を逮捕しなければならないことに気づくでしよう。ちようどアメリカでぼくをつかまえたみたいにね。は、は！　おもしろい復讐でしよう。ガニマールにガニマールを逮捕させるなんて！」

　アルセーヌ・ルパンは快げに笑つた。警部は腹をたてて唇をかんだ。この冗談は、まつたく笑いごとではなかつたのである。

　看守がきたので、そのあいだにガニマールは気分をとり直した。看守は食事をはこんできたのだが、それはアルセーヌ・ルパンが、特別の待遇から、近くのレストランより持ってこさせていたのである。盆をテーブルの上にのせると、看守は引きさがった。アルセーヌは席につき、パンをちぎり、ふた口三口たべてから話をつづけた。

「まあ、しかし安心してくださいよ、ガニマールさん。あなたはあそこへ行かなくてもいいでしょう。あなたをびっくりさせるようなことをお話しましょう。カオルン事件は打ち切りになりそうですよ」

「え？」

「打ち切りになりそうだというんです」

「それじゃ、私はさっそく保安部長においとましよう」

「それで？　デュドゥーイ氏はぼくについて、ぼく以上によく知っていますかね？　あなたは、ガニマールが――いや、失礼、偽ガニマールが男爵ととても仲よくなっていることを知るでしょう。男爵は、ぼくと取引を交渉するという、きわめてむずかしい使命を偽ガニマールにあたえて――主としてこの理由から、男爵は何も打ち明けなかったのですが――現在では、かなりの金をつかって、大切な骨董品を取りもどしていますよ。そのかわりとして、彼は訴えを取りさげるでしよう。だから、もう盗難はありませんよ。従って、検事局も結局は……」

　ガニマールはおどろいて囚人を見つめた。

「どうして君はそんなことを知っているのか？」

「ぼくはいま、待っていた電報を受けとったところなんです」

「電報を受けとったって？」

「たったいまです。礼儀上、あなたの前で読まなかっただけです。だが、お許し下さるなら……」

「君はぼくをひやかしているんだな、ルパン」

「どうか、そのゆで卵を、そっと割ってみてください。あなたをひやかしてなぞいないってことを、自分でたしかめることができるでしょう」

　ガニマールは機械的にそれに従い、ナイフの刃で卵を割った。おどろきの叫びがもれた。卵はからで、中には青い電報紙がはいっていた。アルセーヌに乞われるままに、彼はその紙をひろげた。それは電報、というよりは、電報局の指定文のところだけ切りとられた電文の一部分だつた。彼は読んだ。

《ハナシツイタ。一〇マンモラツタ。ミナブジ》

「十万？」

「そう、十万フランですよ！　わずかですが、何しろ不景気の世の中ですからな……それに、ぼくはとても出費が多いですから！　ぼくの予算を知つたら……大都市の予算ぐらいですよ」

　ガニマールは立ち上つた。彼の不機嫌は消えていた。彼はしばらく考えて、事件全体を眺め直し、何か手がかりを発見しようとした。それから彼は、玄人らしく感心したことをかくさないで言つた。

「幸いなことに、君のような男はそんなにいないよ。さもなければ、廃業するほかはあるまいな」

　アルセーヌ・ルパンは、ひかえ目なふりをして答えた。

「いや！　何しろ退屈しのぎに、気晴らしをしただけなんです……それに、ぼくが獄中にいなければ、成功しなかつたでしようよ」

「何だつて！」と、ガニマールは叫んだ。「君は裁判や弁論や予審なんかでは、退屈するんかい？」

「いや、だつてぼくは、裁判には出席しないことに決心したんですからね」

「おやおや！」

　アルセーヌ・ルパンは、はつきりとくりかえした。

「ぼくは裁判には出席しませんよ」

「ほんとか！」

「じや、あなたは、ぼくがいつまでもこんなところでくすぶつていると思うんですね？　それはひどいですよ。アルセーヌ・ルパンは、自分の気のむくあいだしか刑務所にいませんよ。それ以上は一分でもいやです」

「はじめから入らないほうがもつと利口だろうね」と、警部は皮肉な調子でいいかえした。

「おや！　からかうんですか？　あなたはぼくを逮捕したお手柄を思い出されたんですな。念のために申し上げておきますがね、あのときぼくにもつと重大な関心事がなかつたら、あなたにしろ、他のだれにしろ、ぼくをつかまえることはできなかつたでしようよ」

「まさか」

「女がぼくを見てたんですよ、ガニマールさん。それにぼくは、その女を愛していたのです。好きな女に見られているということが、どういうことかわかりますか？　ほかのことなんか、どうでもよかつたんですよ。だから、ぼくはここへ来てしまつたんです」

「ずいぶん以前からね、失礼ながら」

「はじめは忘れようと思いました。笑わないで下さい。あの恋愛はすばらしかつたな、いま思い出しても、かなしくなりますよ……それに、ぼくは少しばかり神経衰弱ぎみなんですよ！　現代の生活はせちがらいですからね！　折をみては、いわゆる静養をしなくてはいけませんね。それには、ここは絶好の場所ですよ。厳格な健康生活が実施されていますからね」

「アルセーヌ・ルパン」と、ガニマールは注意した。「いいかげんにしろよ」

「ガニマールさん」と、ルパンはいつた。「今日は金曜日です。来週の水曜日、午後四時に、ぼくはペルゴレーズ街のお宅へ、葉巻をふかしに参上しますよ」

「アルセーヌ・ルパン、待つてるよ」

二人は、お互に尊敬しあつている親友のように握手した。それから、老警部は扉の方へ歩きだした。

「ガニマールさん！」

ガニマールはふりかえつた。

「ガニマールさん、時計をお忘れですよ」

「時計？」

「そうです。ぼくのポケットにまぎれこんでいましたよ」

ルパンは弁解しながらかえした。

「お許し下さい……わるい癖でして……しかし、ぼくが時計をとり上げられたからといつて、あなたの時計を取つてもいいというわけにはいきませんからね。それに、ぼくは文句のつけようのないクロノメーターを持つていて、充分役に立つているんですから、なおさらですな」

彼は抽出しから、重いくさりのついた、がつしりとして立派な金時計をとり出した。

「で、それは、だれのポケットからだね？」と、ガニマールはたずねた。

アルセーヌ・ルパンは、気がすすまないようすで、頭文字の刻みを読んだ。

「J・B……いつたい全体、だれだろう？……ああそうか、思い出した。ジュール・ブーヴィエ、ぼくの予審判事だ、いい人ですよ……」

アルセーヌ・ルパンの脱走

アルセーヌ・ルパンが食事をおわつて、ポケットから金口の上等の葉巻をとりだし、上機嫌で、それをながめていたとき、監房の戸が開いた。彼は、急いで葉巻を抽出しに投げこみ、テーブルから離れた。看守が入つてきた。散歩の時間だつた。

「待つてたところだよ」と、ルパンはいつもかわらぬ上機嫌で叫んだ。

二人は外へ出た。彼らが廊下の角に消えるとすぐに、今度は二人の男が監房に入つて、綿密な調査をはじめた。一人はデュージー刑事で、もう一人はフォランファン刑事だつた。

何とかしてけりがつけたかつたのだ。次の点は全く疑いがなかつた。アルセーヌ・ルパンは外部と連絡を保つていて、一味と通信している。昨日も、『大新報』は、司法記者あての次のような手紙を掲載していた。

《拝啓

先日の記事のなかで、貴紙は小生に関し事実無根のことを掲載しました。裁判が開始される前に参上して、ご意見をおうかがいする所存です。敬具

アルセーヌ・ルパン》

筆蹟はまさしく、アルセーヌ・ルパンのものだつた。だから、彼が手紙を出したのだ。だから、彼は手紙を受取つている。だから、彼があれほど臆面もなく予告した脱走をたくらんでいることは確かなのだ。

事態はもはや許しがたいものとなつた。保安部長デュドゥーイ氏は、予審判事と相談の結果、みずからラ・サンテに出張し、取るべき処置を刑務所長に指示した。彼は到着するとただちに、二人の刑事を犯人の監房に送つたのである。

彼らは敷石をのこらず持ち上げたり、ベッドを分解したり、こうした場合に為すべきことを全部行つたが、遂に何も発見することはできなかつた。二人が捜査を打ち切ろうとしたとき、看守が大急ぎで駆けつけて、言つた。

「抽出し……テーブルの抽出しを見て下さい。私が先ほど入つたとき、あいつはそれをしめたようでした」

二人は抽出しを見た。そしてデュージーが叫んだ。

「おい、今度こそ見つけたぞ」

フォランファンがとめた。

「待てよ、君、長官がしらべるよ」

「しかし、このぜいたくな葉巻は……」

「ハヴァナなんかほつといて、長官に報告しよう」

二分後、デュドゥーイ氏はその抽出しを検査した。まず、『切抜き通信』により切りぬかれた、アルセーヌ・ルパンに関する新聞記事の束が、それから、タバコ入れ、パイプ、筆記用の薄紙、最後に二冊の本が見つかつた。

彼はその本の題名を見た。一冊は、カーライルの『英雄崇拝』イギリス版、もう一冊は、古い装幀のしやれたエルゼヴィール版の『エピクテトスの提要』ドイツ語訳で、一六三四年にライデンで刊行されたものだつた。この二冊をめくつてみると、どのページにも爪あとがあり、アンダーラインや註釈が書きこんであることがわかつた。これは暗号だろうか、それとも、その本を愛読している証拠であろうか？

「あとでくわしくしらべよう」と、デュドゥーイ氏は言つた。

彼はタバコ入れとパイプをしらべた。それから、例の金口の葉巻をつかんだ。

「畜生、あいつはうまくやつてるな」と、彼は叫んだ。「ヘンリー・クレーだ！」

彼は愛煙家らしい手つきで、その葉巻を耳のそばで指でたたいた。すると、彼はたちまち驚きの叫びをあげた。葉巻は彼の指で押されてやわらかくなつた。彼は更にくわしくしらべて、すぐにタバコの葉の間に、何か白いものがあるのを見つけた。それで、ピンを使つてていねいに引つぱり出してみると、それは楊枝ぐらいの大きさに丸められた、とてもうすい紙だつた。それは手紙だつた。彼はそれをひろげて、女の細かい文字で書かれた手紙を読んだ。

《籠は別のものととりかえました。十のうち八つは準備しました。外側の足を押すと、板は上から下へもち上ります。毎日十二から十六まで、HPが待つてます。どこにいたしましようか？　至急ご返事下さい。ご安心下さい、親友がついていますから》

デュドゥーイ氏はしばらく考えていたが、やがて言つた。

「とてもはつきりしている……籠……八箱……十二から十六というのは、正午から四時までのことだ……」

「でも、このHPが待つているというのは？」

「この場合、HPは自動車のことにちがいない。HP、つまりホース・パワー（馬力）というのは、スポーツ用語で、モーターの力のことではないかな？　二十四HPとは、二十四馬力の自動車のことだよ」

彼は立ち上つて、たずねた。

「あの囚人は昼食をすませたのかね？」

「そうです」

「この葉巻の具合から見て、あいつはまだこの手紙を読んでいないのだから、受取つたばかりのところらしいな」

「どんなふうにやつたのでしようか？」

「食物のなかの、ジャガイモかパンのなかにでも入れたのだろう」

「そんなことはできません。わなにかけようとして、食物の差し入れを許したのですが、何も変なものは見つかりませんでした」

「今夜、ルパンの回答を求めることにしよう。さしあたり、あいつを監房に入れるな。わしはこれを予審判事のところへ持つていこう。判事もわしと同じ意見なら、この手紙をすぐ写真にとらせ、一時間のうちに、これと同じ葉巻に本物の手紙を入れて、外のものといつしよに抽出しのなかに返しておこう。囚人にはまつたく気づかれないようにしなければいかん」

デュドゥーイ氏は、その日の夕方、いくらかの好奇心を抱きながら、デュージー刑事をともなつて、ラ・サンテ刑務所の事務所へもどつてきた。片隅のストーブの上には、三枚の皿がならんでいた。

「彼は食べたかね？」

「食べました」と、所長が答えた。

「デュージー、その残りのマカロニをできるだけうすく切つて、このパンの塊を割つてくれ……何もないか？」

「ありません、長官」

デュドゥーイ氏は、皿、フォーク、スプーン、最後に、丸刃の刑務所用のナイフをしらべた。彼はナイフの柄を左に、それから右にひねつた。右にひねると、柄がとれた。ナイフのなかは空洞で、一枚の紙が入つていた。

「ふん！」と、彼は言つた。「アルセーヌのような奴にしては、下手なことをしたものだ。だが、時間を無駄にしてはいかん。君、デュージー、そのレストランへ行つて調査してこい」

それから、彼はその紙を読んだ。

《おまえに任せる。ＨＰで毎日あとをつけろ。ぼくは迎えに行く。では近いうちに、親しき友よ》

「やつと」と、デュドゥーイ氏はもみ手をしながら叫んだ。「捜査は軌道にのつたぞ。こちらですこし細工すれば、脱走は成功し……少くともわれわれは共犯をつかまえることができるだろう」

「でも、もしアルセーヌ・ルパンに逃げられましたら？」と、所長は反対した。

「充分な人数を使うよ。だが、もし彼にうらをかかれたら……いや、そうなつたつて！　親分が泥を吐かなくつても、子分どもにしやべらせるさ」

事実、アルセーヌ・ルパンはあまり泥を吐かなかつた。数ケ月前から、予審判事ジュール・ブーヴィエ氏は努力してきたが、むだだつた。訊問は、判事と弁護士とのあいだで、興味のない対話がくりかえされるにすぎなかつた。弁護士は法曹界の第一人者ダンヴァル氏であつたが、氏は被告についてほとんど何も知らなかつたのである。

ときどき、アルセーヌ・ルパンは、礼儀上から、少しずつしやべつた。

「まつたくです、判事さん、おつしやる通りです。リヨン銀行の窃盗、バビロン街の事件、紙幣の偽造、保険証券の件、アルメニル、グーレ、アンブルヴァン、グロズリエ、マラキなどの城の強盗、これはみんな私のしたことです」

「それなら、説明して……」

「だめです。私は全部をまとめて告白します。あなたがお考えになつているより十倍もあるんですよ」

　うんざりした判事は、このつまらない訊問をとりやめにした。しかし、例の二通の手紙をおさえたあとで、彼はまた訊問を再開した。そして毎日正午に、アルセーヌ・ルパンは、ほかの囚人たちといつしよに囚人護送車で、ラ・サンテから警視庁の留置所まで送られた。彼らは三時か四時ごろそこから帰つた。

　ところで、ある日の午後、帰りは特殊な状況の下におこなわれた。ラ・サンテの他の囚人たちはまだ訊問がすんでいなかつたので、まずアルセーヌ・ルパンを先に帰すことになつた。そこで彼はひとりで護送車にのつた。

　この囚人護送車は、俗に《サラダ籠》と呼ばれていたが、中央の通路がたてにあつて、右に五つ、左に五つ、合計して十の仕切りにわかれていた。この仕切りのなかは、それぞれ腰をかけるようになつており、五人の囚人は、非常にせまい場所しか与えられておらず、その上、互にとなりとは羽目板で区切られている。端には看守がひとり、通路を見張つている。

　アルセーヌは右側の三番目の仕切りに入れられた。重い車は動きだした。彼は、時計河岸を出発して、司法省の前を通過することを知つていた。ところが、サン・ミシェル橋の中ほどで、彼はいつものように、仕切りを閉ざしている鉄板を右足で押した。すると、何かがはずれて、鉄板はすこしばかり開いた。彼は二つの車輪のちようど中間にいることがわかつた。

　彼は目を皿のようにして待つた。車はゆつくりとサン・ミシェル大通りを上つていつた。サン・ジェルマンの辻で車はとまつた。荷馬車の馬が倒れていた。すぐに交通はとまり、辻馬車や乗合馬車があふれだした。

アルセーヌ・ルパンは首を出した。彼の乗つている車と並んで、もう一台の囚人護送車がとまつていた。彼はなおも頭を出して、大車輪の輻に足をかけ、地上にとびおりた。一人の御者が彼の姿を見て、笑い、人を呼ぼうとした。しかし彼の声は、動きはじめた乗物の騒音にかきけされてしまつた。それに、アルセーヌ・ルパンはもう遠くへ行つてしまつていた。

彼はしばらく走つた。しかし、左側の歩道まで行くと、後をふりかえり、あたりを見まわし、あたかもどの方角へ行つたらいいかわからない人間のように、様子をうかがつた。それから、心を決めてポケットに手をつつこみ、あたりをぶらぶらと散歩しているみたいに、のんきそうなそぶりで、大通りを上つていつた。

いい天気だつた。秋のおだやかで楽しげな上天気だつた。喫茶店は一杯だつた。その一軒のテラスに彼は腰を下した。

彼はビールと巻タバコを一箱注文した。ビールをちびりちびりと飲み、タバコを一本ゆつくりとくゆらし、二本目に火をつけてから、立ち上つて、ボーイに支配人を呼んでこさせた。

支配人がやつてきた。アルセーヌは、みんなによくきこえるように大声で言つた。

「すみませんが、君、財布を忘れてきてね。たぶんぼくの名前をご存じでしょうから、二、三日貸しておいてくれませんか。アルセーヌ・ルパンです」

支配人は冗談だと思つて、彼を見つめた。アルセーヌはくりかえして言つた。

「ルパンです。ラ・サンテに入れられているんですが、目下脱走中なのです。この名前であなたに信用していただけると思いますがね」

彼は相手が口もきけないでいるうちに、人々の笑い声のなかを立ち去つていつた。

彼はスーフロ街をななめに渡り、サン・ジャック街に出た。そして、タバコをふかしながら、ショーウィンドウの前に立ちどまつたりして、ゆうゆうと歩いていつた。ポール・ロワイヤル大通りで、すこし考え、それからまたラ・サンテ通りの方へ向つた。やがて、刑務所の高い不機味な塀が見え

た。彼はその塀にそつてすすみ、立番をしている看守のそばに行くと、帽子をとつて、

「ここはラ・サンテ刑務所でしょうか？」

「そうだ」

「ぼくはぼくの監房へ帰りたいんですが。途中で馬車においていかれてしまつたんですが、それで逃げるようなことはしたくなかつたので……」

若い看守はどなつた。

「おい、いいか、さつさとあつちへ行け！」

「すみません！　ぼくの行く道は、この門を通つているのです。もしアルセーヌ・ルパンを通さないと、大変な目にあいますよ、君！」

「アルセーヌ・ルパンだつて！　何をほざくのか？」

「残念ながら名刺を持ち合せていないもんで」と、アルセーヌはポケットを探すふりをしながら言つた。

看守はびつくりして、彼を頭のさきから足のさきまで見つめた。それから、何も言わないで、まるで気がすすまないように、ベルを鳴らした。鉄の門が少しあいた。

数分後、所長がはげしい怒りの様子をみせながら、事務所へかけつけた。アルセーヌはにつこりとした。

「やあ、所長さん、あんまりぼくをからかわないでくださいよ。どうしたんです！　ぼくをひとりで護送車にのせたり、うまく途中で混雑を用意したりして、ぼくが仲間のところへ逃げていくように思つていたのでしょう！　いやはや！　そして、刑事が二十人も、徒歩や馬車や自転車でぼくを護衛していたのでしょう！　えらい目にあつたことでしょう。生きて逃れることなんかできませんよ。ねえ、所長さん、そういう計画だつたんでしょう？」

彼は肩をすくめて、つけたした。

「おねがいですから、所長さん、ぼくのことはかまわないで下さい。ぼくが逃げようと思う日には、誰のたすけもいりませんよ」

翌々日、アルセーヌ・ルパンの手柄を伝える官報となつていた『エコー・ド・フランス』紙——うわさによれば、ルパンは、この新聞の大出資者の一人だとのことだが——は、この脱走未遂事件に関する極めてくわしい報道をのせた。四人

と、その不可思議な女友だちのあいだにとり交された手紙の文面、その交通に用いられた方法、警察の共犯、サン・ミシェル大通りの散歩、カフェ・スーフロでの出来事、すべてが暴露されていた。デュージー刑事がレストランのボーイたちをしらべてみたが、何の手がかりもえられなかったということまでわかっていた。更に、次のようなおどろくべき事実もわかり、この男の使う方法が無限であることが証明された。つまり、ルパンがのせられた囚人護送車は、全くのにせもので、彼の一味のものが、いつも使われる刑務所の六台の車のうちの一台と、すりかえておいたものだったのである。

アルセーヌ・ルパンが近いうちに脱走することは、もはやだれも疑わなかった。そのうえ、あの事件の翌日、彼がブーヴィエ氏に答えた言葉が証明しているように、彼自身も、それをはっきりとした言葉で予告しているのである。判事にその失敗をからかわれると、彼は判事をにらめつけて、冷然と言ったのだ。

「よく聞いて下さい。ぼくのいうことを信じて下さい。あの脱走未遂は、ぼくの脱走計画の一部なんです」

「わからんね」と、判事は嘲笑した。

「わかってもらう必要はありません」

そして判事が、この訊問、全文が『エコー・ド・フランス』紙上に掲載された、その訊問から、再び予審にとりかかると、彼はあきあきした様子で叫んだ。

「いやはや、何の役に立つんですかね！　こんな問題はみんな、全く意味がありませんよ」

「何だと？　意味がない？」

「もちろんですよ。ぼくは裁判には出席しないつもりですからね」

「出席しない……」

「しません。これは確固たる信念であり、絶対的な決心です。どうしたって、この考えは変りませんよ」

こうした確信、毎日のように口にされる不可解で無遠慮な言葉に、司法当局はいらだったり、面くらったりした。それは、アルセーヌ・ルパンだけしか知らない秘密であり、従って、その秘密をもらすことができるのは、ルパンにしかできないのだ。しかし、彼はどういう目的で、その秘密を明らかにしたのだろう？　どういうつもりで？
アルセーヌ・ルパンは別の監房に移された。ある夜、彼は階下におろされた。判事のほうでは、予審を終えて、事件を検事局に廻した。

それから沈黙が二ケ月もつづいた。そのあいだアルセーヌはベッドに横になり、ほとんどいつも顔を壁の方に向けたまますごした。監房をとりかえられたことは、彼に打撃を与えたように見えた。彼は弁護士と面会するのもことわつた。看守たちともほとんど口をきかなくなつた。

裁判の二週間ほど前になると、彼は、元気をとりもどしたように見えた。彼は空気がわるいと不平を言いだした。それで、彼は二人の看守つきで、朝早く中庭に出してもらつた。

ところが、世間の好奇心は一向におとろえなかつた。毎日、彼の脱走のニュースを人々は待つていた。ほとんどそのニュースを希望していたほどだつた。この人物の元気さ、快活さ、千変万化ぶり、発明の才能、神秘的な生活などは、それほど大衆に人気があつたのだ。アルセーヌ・ルパンは脱走するはずだ。それは不可避であり、宿命なのだ。その脱走がこれほどおくれていることに、人々はおどろいていたくらいだつた。毎朝、警視総監は秘書にたずねた。

「どうだ！　奴はまだ逃げないかね？」

「まだです、総監殿」

裁判の前日、一人の紳士が『大新報』社を訪ねて、司法記者に面会を求め、顔に名刺を投げつけて、すばやく立ち去つた。名刺には、次のように書てあつた。

《アルセーヌ・ルパンはいつも約束を守る》

こういう状況の下で弁論は開かれたのである。

ものすごい傍聴者の数だつた。あらゆる人が、有名なアルセーヌ・ルパンを見たがり、彼がどんなふうに裁判官をからかうかを、はじまる前から楽しみにしていた。弁護士と司法官、記者と俗人、芸術家と社交界の夫人、パリの名士連中が傍聴席につめかけた。

雨がふつており、外はうす暗かつたので、アルセーヌ・ルパンが看守につれられてきたとき、彼の姿はよく見えなかつた。しかし、彼の鈍そうな態度、腰のおろしかた、無関心でおどおどした様子などは、人に好感を与えるようなものではなかつた。何回も彼の弁護士――ダンヴァル氏はこんな役割はいやだとことわつたので、彼の秘書の一人がなつていたが――何回も弁護士はルパンに話しかけた。彼は頭をふつて、だまつていた。

書記が起訴状を朗読した。次に裁判長が発言した。

「被告、起立。名前、姓名、年令、職業は？」

返事がなかつたので、彼はくりかえした。

「名前は？　被告の名前をきいているのだ」

つかれたような鈍い声が答えた。

「ボードリュ、デジレ」

ざわめきが起つた。しかし裁判長はつづけていつた。

「ボードリュ、デジレ？　ほう！　また新らしい偽名だな！　これはたしかお前の八番目の名前で、いままでと同様に偽名にちがいないから、もしよかつたら、アルセーヌ・ルパンという名前にしておこう。そのほうがよく知られているから、都合がいいだろう」

裁判長は書類を見て、つづけた。

「というのは、あらゆる捜査にもかかわらず、被告の身元を証明することは不可能だつた。被告は、過去をもたないという、近代社会においては、かなり風変りな立場を提出している。われわれは、被告が何者であり、どこで生れ、どこで少年時代をすごしたかを知らない。要するに、何も知らないのである。被告は三年前に、どんな世界からやつてきたかわからないが、突如として姿を現わし、知能と背徳、不道徳と寛大との奇妙な混合物たるアルセーヌ・ルパンと名のつた。この時期以前の被告に関してわれわれのもつている資料は、むしろ推定にすぎないのである。八年前に、手品師ディクソンの下で働いていたロスタなる者が、アルセーヌ・ルパンに他ならぬとも思われる。六年前、サン・ルイ病院のアルティエ博士の実験室に出入りして、しばしば細菌学に関する秀れた仮説と、皮膚病についての大胆な実験により、博士をおどろかせたロシヤ人の学生が、アルセーヌ・ルパンであつたようにみえる。またジュウジツが知られていなかつた時代に、パリでこの日本の闘技を教えたのも、またアルセーヌ・ルパンだつたらしい。かつて博覧会大賞を獲得し、一万フランの賞金を受取りながら、その後は姿を現わさなかつた自転車競走選手も、アルセーヌ・ルパンだと思われる。また、慈善市の天窓から多くの人々を助け……同時にその人々から盗んだのも、やはりアルセーヌ・ルパンかもしれない」

そして、ひと休みしてから、裁判長は結論した。

「以上は、被告が社会に対してくわだてた闘争の綿密なる準備期であり、被告の能力、精力、技巧を最高度に発達させた修業時代であつたように思われる。被告はこれらの事実を正確だと認めるかね？」

この論告のあいだ、被告は背を丸め、腕をだらりとたれ、足をかわるがわるぶらぶらさせていた。明るい光線の下で見ると、彼はひどくやせていた。頬はこけ、頬骨は異様なまでにとび出し、顔は土色で、赤い小さな斑点があらわれ、ふぞろいでまばらなひげが生えていた。獄中の生活が彼をかなり老けさせ、衰弱させたのだ。もはや、新聞でおなじみのあの好感のもてる青年らしい顔と、上品な横顔を見つけることはできなかつた。

まるで彼は、自分にむけられた質問を聞かなかつたようだつた。質問は二度くりかえされた。すると彼は目を上げ、考えこんでいるように見えた。それから力をふりしぼつてつぶやいた。

「ボードリュ、デジレです」

裁判長は笑いだした。

「わたしには、被告が採用している抗議方法がよくわからない、アルセーヌ・ルパン。もし馬鹿や無能力者のまねをするなら、それでもよい。わたしとしては、被告の気まぐれなどに関係なく、目的に直進することにする」

そして彼は、ルパンの盗み、詐欺、偽造などの詳細にふれていつた。ときどき、彼は被告に質問した。しかし被告はうなつたり、返事をしなかつたりした。

証人の陳述がはじまつた。意味のない供述もあれば、重大なものもあつたが、それらに共通の特徴は、たがいに矛盾していることだつた。論議はまつたくの暗黒に包まれた。しかし主席警部ガニマールが登場すると、再び関心が高まつた。

ところが、この老警部は、最初からいくらかの失望をあたえた。彼はおどおどしているというのではないが――彼はこうした経験をいくらもしているのだから――何かしら不安げで、落ちつかないようだつた。何度となく彼は、はつきりとわかる気まずさで、被告の方を見た。それでも彼は、両手を柵にかけて、彼が関係した事件、ヨーロッパをまたにかけての追跡、アメリカへ行つたことなどを物語つた。人々は、まるですばらしい冒険談でも聞いているように、熱心に耳をかたむけていた。しかし、終り近くになると、アルセーヌ・ルパンとの会談のことにふれながら、彼は放心したようすで、心もとなさそうに二度ほど話をとぎらせた。

彼が何か、ほかの考えになやまされているのは明らかだつた。裁判長は言つた。

「苦しかつたら、証言を中止したほうがいい」

「いや、ただ……」

彼は語るのを止め、被告をじつと見つめた。それから、言つた。

「被告をもつとよくしらべさせていただきたいと思います。何だかあやしい点がありますから、はつきりさせたいのです」

彼はそばに寄り、ゆつくりと、注意力を集中させて被告を見つめ、次にまた柵のところへもどつた。そして、少しばかりいかめしい口調で、言つた。

「裁判長殿、私は、この私の前にいる男がアルセーヌ・ルパンでないことを断言いたします」

この言葉に満場はしんとなつた。おどろいた裁判長が、最初に叫んだ。

「え！　何を言うのかね！　君は気でも狂つたのか！」

警部は落ちついて答えた。

「たしかに、ちよつと見ただけでは、まちがえるほどよく似ています。しかし、少し注意すれば、すぐわかります。鼻、口、髪、皮膚の色……結局、これはアルセーヌ・ルパンではありません。それに目はどうですか！　ルパンは決してこんなアルコール中毒者のような目はしておりません」

「まあ、まあ、説明したまえ。証人は何を主張するのかね？」

「わかりません！　彼はきつと替玉をつかつたのでしょう……これが共犯者でなければ」

場内はこの思いがけないどんでん返しに興奮して、いたるところから叫び声、笑い声、感嘆の声が起つた。裁判長は予審判事、刑務所長、看守に命令して、公判を中止した。

公判が再開されると、ブーヴィエ氏と刑務所長は、被告の前で、アルセーヌ・ルパンとこの男の間には、ほんの顔だちが似ているにすぎない旨を言明した。

「それじや、一体」と、裁判長は叫んだ。「この男は何者だね？　どこから来たのか？　どうして法廷に現われたのか？」

ラ・サンテの看守が二人呼び出された。ところが、おどろくべきことには、看守たちはこの男を、二人が交代で監視しているルパンだと認めたのだ！

裁判長はため息をついた。

しかし、看守の一人がつづけた。

「そうです。たしかに彼だと思います」

「そう思うかね？」

「いや、私はほとんど彼を見たことがありません。この男は夜つれてこられて、それから二ケ月間、ずつと壁のほうばかり向いてねていたのです」

「しかし、その二ケ月より前に？」

「あ！　その前は、第二十四房にはおりませんでした」

刑務所長がこの点をはつきりさせた。

「脱走未遂がありましたので、監房をかえましたのです」

「しかし、所長、あなたはこの二ケ月、彼を見ていたのでしよう？」

「私は見る機会がなかつたのです……彼はおとなしかつたものですから」

「で、あなたにまかされていた四人は、この男ではないですね」

「ちがいます」

「では、この男は誰ですか？」

「わかりません」

「それでは、二ケ月前から替玉が使われていたことになります。あなたはこれをどう説明しますか？」

「それはできません」

「すると？」

失望した裁判長は、被告の方をふりかえり、おだやかな声

で、

「いいか、被告、お前はいかにして、またいつから、警察の手にとらえられたのか、説明できるかね？」

　この親切な調子が男の警戒心をときほぐしたのか、それとも理性をとりもどさせたのであろう。彼は返事をしようとした。やさしく、たくみにたずねられて、やつと彼はいくらかの言葉を口にした。それによれば、次のようなわけだつた。二ケ月前、彼は警視庁に連行された。そこで彼は一晩と翌朝をすごした。七十五サンチームしか所持金がなかつたので、彼は釈放された。ところが、中庭を横切つているときに、彼は二人の警官に腕をとられ、囚人護送車にのせられてしまつた。それ以来、彼は第二十四房でくらしていた。しかしべつに不幸ではなかつた……飯はくえるし……寝心地もわるくない……だから、異議も申し立てなかつた……

　これはすべて本当らしかつた。笑い声と動揺のなかで、裁判長は更に調査するために、この事件を次回にまわすと宣言した。


***

ただちに調査された結果、次のような事実が囚人名簿に記載されていることがわかつた。八週間前、デジレ・ボードリュなる者が警視庁に留置された。翌日、彼は釈放され、午後二時に警視庁を出た。ところが、その日の二時に、アルセーヌ・ルパンは最後の訊問を終つて、護送車で出発していた。

　看守たちがまちがいを犯したのだろうか？　よく似ているところから、この男をルパンととりちがえたのだろうか？　たしかに、彼らは職務上許しがたきふしだらをしでかしたにちがいない。

　この替玉は前もつて準備されていたのであろうか？　場所から考えれば、こんなことは実現不可能に思われる場所であり、またその上、この場合ボードリュは共犯者であり、アルセーヌ・ルパンの身代りになるというはつきりした目的をもつて逮捕されたことになる。しかし、そうすると、こんな計画は、あるかないかわからないチャンスと、偶然の一致と、おとぎ話のようなまちがいの上に基礎をおいているから、どのような奇蹟により成功することができようか？

デジレ・ボードリュは犯罪者人体測定課にまわされた。彼の人相に合致するカードはなかつた。それに彼の足どりは容易にたどることができた。クールブヴォア、アスニエール、ルヴァロアにいたことがわかつた。彼は乞食をして生活し、テルヌの城門のそばの、粗末で汚ない小屋でねていた。しかし、一年前から、彼は行方不明になつていた。

この男は、アルセーヌ・ルパンに買収されていたのだろうか？　そうともみえなかつた。もしそうだつたとしても、ルパンの逃走についてはさつぱりわからなかつた。奇蹟はやはり奇蹟だつた。それを説明しようとする多くの仮説のうち、満足なものはひとつもなかつた。ただひとつルパンの脱走だけが疑いのないものであり、この不可解でおどろくべき脱走には、司法当局も一般の世界も、長いあいだの準備の努力、ひとつひとつ複雑に組みあわされた行為の全体があると考えた。そしてその結末は、《ぼくは裁判に出席しませんよ》という、アルセーヌ・ルパンの傲慢を証明したわけである。

一ケ月にわたる丹念な捜査のあとでも、やはり、謎はとけないままに残つていた。しかし、このボードリュの奴を、いつまでも留置しておくわけにはいかない。この男を裁判すれば、もの笑いのまとになるだろう。どんな罪状で告発することができようか？　予審判事は、彼の釈放に署名した。しかし、保安部長は、この男の身近を厳重に監視するように決心した。

この考えを言いだしたのは、ガニマールだつた。彼の意見では、共犯も偶然もなかつた。ボードリュは、アルセーヌ・ルパンがおどろくべき巧みさであやつつた道具にすぎないのだ。ボードリュを自由にして、彼のあとをつければ、アルセーヌ・ルパンか、少くとも、その一味のだれかのことがわかる、ということだつた。

ガニマールには、フォランファンとデュージーとの二人の刑事が配された。こうして、一月の霧の深いある朝、刑務所の門がデジレ・ボードリュの前に開かれたのである。

ボードリュは最初はとまどつているようにみえた。それから、時間をどう使つていいかよくわからない人のように歩きはじめた。彼はラ・サンテ街とサン・ジャック街を通つた。古着屋の前で、彼は上着とチョッキをぬぎ、チョッキをたたき売つて、上着をきて立ち去つた。

彼はセーヌ河をわたつた。シャトレで一台の乗合馬車を追いこした。彼はそれにのろうとしたが、満員だつた。車掌に順番を待つようにいわれて、彼は待合室へ入つた。

そのとき、ガニマールは二人の部下を呼びよせ、事務所から目をはなさないで、急いで命令した。

「馬車を一台とめろ……いや、二台だ。そのほうが安全だ。ひとりはおれといつしよにこい。あいつの後をつけよう」

部下はそれに従つた。しかしボードリュは姿を現わさなかつた。ガニマールはたしかめに行つた。待合室にはだれもいなかつた。

「ばかなことをした」と、彼はつぶやいた。「もうひとつの出口を忘れていた」

たしかに、その事務所は、なかの廊下でサン・マルタン街の事務所とつながつていた。ガニマールは駆け出した。彼はちようど、ボードリュがバティニョール――植物園間の馬車の屋上席にのつて、リヴォリ街の角をまわつて行くのを見つけた。彼は走つて、その乗合馬車に追いついた。しかし二人の部下の姿を見失つた。彼はひとりで追跡をつづけなければならなかつた。

激怒した彼は、だしぬけに男の襟首をつかまえてやろうかと思つた。この自称の低能はあらかじめ計画どおりにうまく彼を部下から引きはなしたのではなかろうか？

彼はボードリュを見つめた。男は椅子の上で居ねむりをして、頭を左右にゆれうごかしていた。彼の顔は、口を少しあけたままで、まつたくの馬鹿面だつた。そうだ。あんなやつが、老ガニマールをだますような敵ではあるまい。偶然にこうなつただけなのだ。

ガルリー・ラファイエットの街角で、男は馬車をおりて、ラ・ミュエート行の電車にのつた。その電車はオースマン大通り、ヴィクトル・ユゴー通りを通つている。ボードリュはラ・ミュエートの停留所でやつと下車した。そして、ぶらぶらした歩き方をして、ブーローニュの森へ入つていつた。

彼は並木道から並木道へと歩きまわり、同じ道をひきかえしたかと思うと、どんどん遠くへ行つたりする。何を探しているのだろう？　何か目的があるのか？

　こうして一時間ばかりしているうちに、彼は疲れたようにみえた。たしかに、彼はベンチを見つけて、腰を下した。その場所は、オートゥイユの近くで、立木のあいだにかくれた小さな湖のほとりだつた。人影はまつたくなかつた。三十分ばかりすぎた。ガニマールは我慢できなくなつて、話しかけようと決心した。

　そこで彼は近づいていつて、ボードリュのとなりに腰をかけた。彼はタバコに火をつけ、ステッキの先で砂に丸をかきながら、いつた。

「暑くないですね」

　沈黙。するとこの沈黙のなかに、突如として爆笑がひびきわたつた。それは、うれしそうな、幸福そうな笑い、がまんできなくてふきだした子供の笑いだつた。ガニマールは、彼の頭の皮膚の上で髪の毛が逆立つのを、はつきりと、手にとるように感じた。この笑い、彼がよく知つているこの地獄の笑い！……

　いきなり彼は、男の上着の襟をつかみ、裁判所で見たよりも、もつと念を入れて見つめた。すると、これはもはや彼が見たあの男ではなかつた。その男ではあつたが、ほかの男、ほんものであつた。

　彼はその男の目の輝きを思い出し、やせた顔をみつめ、すさんだ皮膚の下にほんとうの肉を見ぬき、ゆがんだ口から本来の口を見出した。それは、あの男の目であり、あの男の口だつた。特にそれは、あの男の若々しくてさえた、鋭く、生き生きとした、あざけるような、才気にあふれた表情だつた。

「アルセーヌ・ルパン、アルセーヌ・ルパン」と彼は口ごもつた。

　それから彼は、急に腹を立てて、男の首をしめて、押し倒そうとした。彼は五十才だつたが、まだ人並み以上の力を持つていた。ところが相手は、かなりわるい条件にあるように見えた。それに、もしこの男を連行することができたら、何という手柄になることだろう！

闘争は長くつづかなかつた。アルセーヌ・ルパンはほとんど抵抗しなかつた。襲いかかるとすぐに、ガニマールは手をはなした。彼の右腕は力なく、だらりとたれ下つていた。

「オルフェーブル河岸でジュウドウを習つていたら」と、ルパンは言つた。「この手は日本語でウデヒシギだつてことがわかるだろうよ」

それから、彼はつめたく言つた。

「もう少しやつたら、君の腕を折るところだつたよ。それも当然のむくいだ。ぼくが尊敬している旧友であり、ぼくが自らすすんで秘密を明かした君が、その君がぼくの信頼を逆用するなんて！　それはいかんよ……いいかい、君はどうしたんだい？」

ガニマールはだまつていた。彼はこの脱走を自分の責任だと考えていた——あれほど大げさな陳述をして裁判を誤りに導いたのは、彼ではなかつたか？——この脱走は彼の生涯の恥のような気がした。涙がごま塩のひげにつたわつた。

「ねえ、ガニマール、くよくよすることないよ。君がしやべらなかつたなら、ほかの人間にしやべらせていただろうよ。それに、ぼくがデジレ・ボードリュを有罪にしてそのままでいられようか？」

「では」と、ガニマールは小声で言つた。「あそこにいたのは君だつたのか？　ここにいるのも君だし！」

「ぼくはいつもぼくだよ。おなじだよ」

「そんなことができようか？」

「いや！　魔法使いになる必要なんかないよ。あの立派な裁判長がおつしやつたように、十年ぐらい勉強すれば、どんなことでもできるようになるさ」

「だが、君の顔は？　目は？」

「いいかい、サン・ルイで一年半もアルティエ博士の下で研究したのは、何も道楽じやないんだよ。ぼくは、将来アルセーヌ・ルパンと呼ばれるようになるほどの人物は、人相を変えることぐらいはできなければならないと考えたんだ。人相だつて？　そんなものは思うように変えられるよ。パラフィンの皮下注射をすれば、望み通りの場所の皮膚をふくらませることができる。焦性没食子酸をつかえば、君をモヒカン族にかえることもできる。くさのおうの汁は、おそろしい湿疹や腫物をこしらえるよ。ある種の化学的方法は、ひげや髪をはやし、他の方法は、声を変えてしまう。こうしたものに、第二十四監房で二ケ月も節食し、口をゆがめたり、頭をかしげたり、背をまげたりする練習を何度もくりかえしたんだ。最後に、アトロピンを五滴ほどたらして、目つきを悪くぼんやりとさせれば、それで完全というわけだよ」

「しかし看守たちが……」

「変化はゆつくりと行われた。だから彼らは毎日のように変つていくのに気づかなかつたんだよ」

「では、デジレ・ボードリュは？」

「ボードリュは実在している。ぼくはあの男に去年出あつたんだ。あいつは、ほんとに、ぼくにかなり似ていたんだよ。それで、いつ逮捕されるかもしれないので、ぼくはあいつを安全なところへかくまつて、ぼくとちがう点を最初から見わけるようにつとめた。それは、ぼくの似ていない点をできるかぎり目立たないようにするためだつた。仲間があいつを警視庁で一晩すごさせ、ぼくとほぼ同じ時刻に釈放されるようにとりはからつてくれた。あいつの足どりはすぐ見つかつたにちがいない。さもなければ、当局はぼくが何者であるかを疑つたはずだからね。このすてきなボードリュのやつをさしむけさえすりや、当局がこいつにとびつくのはわかりきつていたし、また、替玉を使うのはむずかしいつてことがわかつていながら、当局は、自分たちの無知を認めるよりも、替玉だと思う方をえらぶのもまた当然なことだつた」

「なるほど、そうだな」と、ガニマールはつぶやいた。

「それに」と、アルセーヌ・ルパンは叫んだ。「ぼくはおそるべき切札をもつていた。最初からそのつもりであたためておいたカードだよ。それは、みんながぼくの脱走を期待していたことだ。そこで、司法当局とぼくとが開始した、はげしい勝負、ぼくの自由が賭けられていた勝負で、君をはじめほかの連中が、たいへん誤りを犯したのだ。君たちはまたしてもぼくが大風呂敷をひろげている、ぼくがまるで青二才のように夢中になつていると考えたのだ。このアルセーヌ・ルパンが、そんなくだらないことを！　カオルン事件のときと同様に、君たちは、《アルセーヌ・ルパンが脱走すると公言しているからには、そう言うだけの理由があるのだ》とは考えなかつた。ところが、ちえつ！　ぼくが脱走するためには……脱走しないまえに、この脱走を前もつて信じられることが必要だつたんだよ。この脱走は、絶対的な真理であり、確信であり、白日のごとく明快な真実でなければならなかつた。そして、ぼくの意志により、こうなつたのだ。アルセーヌ・ルパンは脱走するだろう。アルセーヌ・ルパンは裁判に出席しないだろう。そして君が、《この男はアルセーヌ・ルパンではありません》といつて立ち上つたとき、全員が、ぼくがアルセーヌ・ルパンではないことをすぐに信じなかつたとすれば、とてもふしぎなことだろうよ。もしもたつた一人でも疑いをもつて、《あれがアルセーヌ・ルパンだつたら？》という簡単な留保をつけていたら、たちまちぼくは身をほろぼしていたろう。君や他の連中がしたように、ぼくをアルセーヌ・ルパンではないと思いながらではなく、ぼくをアルセーヌ・ルパンかもしれないと思いながら、ぼくの顔をのぞきこめばそれでよかつたのだ。そうすれば、ぼくがどんなに用心しても、ぼくは見破られていただろう。しかしぼくは安心していた。論理的に見て、だれひとりとしてこの簡単なことを考えつくものはいないはずだつたのだ」

　彼は急にガニマールの片手をつかんだ。

「ねえ、ガニマールさん、ぼくたちがラ・サンテ刑務所で会見した日から一週間後の四時に、ぼくが頼んだように、君は君の家でぼくを待つていてくれたんだろうね」

「だが、君の護送車は？」と、ガニマールは返事を避けながら言つた。

「はつたりだよ！　ぼくの仲間が役に立たなくなつた古馬車を修理して、一芝居うつたんだよ。しかしぼくは、特に有利な状況の協力がなければ、実行できないことを知つていた。ただぼくは、この脱走計画を実行し、それをできるだけ大げさに宣伝する方が有利だと考えたんだ。最初に大胆な脱走計画を見せかければ、二回目は、はじめから成功したと同じことになるよ」

「それで葉巻は……」

「ぼくがナイフでくりぬいたんだよ」

「手紙は？」

「ぼくが書いたよ」

「あの不思議な相手の女は？」

「彼女とぼくとは同一人物さ。ぼくはどんな筆蹟でも自由に書けるよ」

　ガニマールは、しばらく考えてから、反対した。

「犯罪者人体測定課で、ボードリュのカードをつくつたとき、どうしてそれが、アルセーヌ・ルパンのカードと一致しているのに気づかなかつたんだろうね？」

「アルセーヌ・ルパンのカードなんか、ありやしないよ」

「なんだつて！」

「あつたとしても、にせものだよ。これはぼくがずいぶん研究した問題だぜ。ベルティヨン方式では、まず視覚による標識を必要とする——これが確実でないことは、おわかりだろう——次に、頭、指、耳などの寸法を測る。これは、どうにもごまかせない」

「それで？」

「それで、金をつかつたのさ。ぼくがアメリカから帰る前に、人体測定課の職員の一人が、ぼくの測定にあたつて、最初からにせの寸法を記入することを引受けていた。それだけで、みんなだめになるよ。カードは、当然入れられるべき整理箱とは正反対の箱に入れられてしまう。従つて、ボードリュのカードは、アルセーヌ・ルパンのカードとは決して一致することはないんだ」

　再び沈黙。やがてガニマールはたずねた。

「それで今度は、何をするつもりかね？」

「今度は」と、ルパンは叫んだ。「ぼくは休養して栄養をつけ、少しずつもとのぼくにもどるつもりだよ。ボードリュやほかの人間になつて、シャツを着かえるように個性を変え、その人間の人相、声、目つき、筆蹟をまねるつてことは、まことに結構なことだね。しかし、そんなことをしていると、しだいに自分で自分がわからなくなるようになる。それがとつても悲しいね。いまぼくは、自分の影を失つた人間のような気がしている。これから自分を探して……自分を見つけるのさ」

　彼はあたりを歩きまわつた。夕闇がしだいに昼の明るさにまじりはじめた。彼はガニマールの前で立ちどまつた。

「もうぼくたちは何にも話し合うことはないと思うがね」

「あるよ」と、警部は答えた。「私は君が脱走の真相をあかすかどうか知りたいんだ……私の犯した過失……」

「いやぁ！　釈放されたのがアルセーヌ・ルパンだつてことは、決してだれにもわかりやしないよ。ぼくは、この脱走にほとんど奇蹟のような性格を与えるのがいやだから、自分のまわりにできるだけ神秘的な闇を積み重ねておくつもりだ。だから、君、心配することないよ。では、さようなら。ぼくは今夜よそで食事をするんだ。急いで服を着かえなくてはいけないな」

「休養したがつていると思つたが！」

「いやぁ！　どうにもまぬがれない浮世の義理があるもんだよ。休養はあしたからだ」

「で、いつたいどこで食事するんだい？」

「イギリス大使館だよ」

謎の旅行者

その前日、ぼくは自動車をルアンに回送しておいた。ぼくは鉄道でそこまで行つて、それからセーヌ河の岸に住んでいる友人たちを訪ねることになつていた。

ところで、パリで出発の直前に、七人の紳士がぼくの客室に乗りこんできた。そのうち五人はタバコをすつていた。特急だつたから時間は短いわけだが、こんな連中と同室で旅行するのは不快だつた。車体は旧式で、廊下がなかつたから、なおさらいやだつた。だからぼくは、外套と新聞と時間表をもつて、隣りの車室へにげこんだ。

そこには一人の婦人がいた。ぼくの姿を見て困つたような表情をしたのを、ぼくは見のがさなかつた。そして彼女は、ステップに立つていた一人の紳士の方に、からだをよせかけた。その男はたぶん夫で、彼女を駅まで送つてきたのであろう。紳士はぼくを観察した。そしておそらくぼくを心配ないと思つたのであろう、彼は妻にむかつて、微笑しながら、こわがつている子供を元気づけるようなようすで、低い声で話しかけたのだつた。今度は婦人もほほえみ、ぼくに親しげなまなざしを投げかけた。まるでぼくが、六尺四方のせまい車室で二時間もさしむかいになつていても、婦人が少しも心配する必要のない紳士であることを、とつぜん理解したとでもいうように。

夫は婦人に言つた。

「わるく思わないでくれよ。わたしは急用で人に会わなくちやならないんだよ。待つていられないんだ」

彼はやさしく婦人を抱擁し、そして立ち去つた。婦人は窓からつつましやかな接吻を送り、ハンカチをふつた。

汽笛が鳴り、汽車は動きはじめた。

ちようどそのとき、駅員がとめるのもきかずに、一人の男がドアをあけて、ぼくたちの車室へおどりこんできた。例の婦人は、そのとき立つて網棚を片づけていたが、恐怖の叫びをあげて、椅子の上にたおれた。

ぼくは決して臆病者ではない。しかし、正直なところ、このようにぎりぎりの時間になつて急に人に入つてこられてはやはり気持がよくない。何だかわけがわからなくて、不自然だ。何かがあるにちがいない。そうでなければ……

しかし、新来者の見なりや態度は、彼の行為が与えた悪い印象をやわらげたといつていい。きちんとしていて、上品そうで、趣味のいいネクタイ、清潔な手袋、精力的な顔つき……だが、この顔はどこかで見たような気がする。そうだ、たしかにそうだ、見たことがある。少くとも、もつと正確にいえば、その肖像は何度も見たことがあるが、実物は一度も見たことのない顔、というような記憶に似た印象をうけた。それと同時に、いくら思い出そうとしてもむだだというような気もした。それほど、その記憶はとりとめがなく漠然としていたのである。

しかし、婦人の方に注意をむけると、ぼくは彼女の顔が真青で、すつかり落着きを失つているのにおどろいた。彼女は隣りの男――二人は隣り合つてすわつていた――を、ほんとうにこわそうな表情で見つめていた。そしてぼくは、彼女の片手がぶるぶるふるえながら、膝から二十センチあまり離れた椅子の上においてある手提袋のほうへ、すべつていくのを見た。やつとのことで彼女はその袋をつかまえ、おそるおそるひきよせた。

ぼくたちは目を見合せた。ぼくは彼女の目のなかに、恐怖と不安をよみとつたので、つぎのように言わざるをえなかつた。

「気分でもおわるいんでしょうか、奥さん？……この窓をあけましょうか？」

彼女は返事をしないで、隣りの男がこわいというようなそぶりをした。ぼくは彼女の夫がしたように微笑し、肩をすくめて、何も心配することはない、ぼくがここにいるのだし、それにこの人は危険なところはないようだ、と身振りで説明した。

そのとき、男はぼくたちを代る代る見つめ、足の先から頭まで眺めわたしてから、座席の片隅に体をうずめて、身動きしなくなつた。

沈黙がつづいた。しかし婦人は、あらんかぎりの力をふりしぼつて必死の努力をするかのように、ほとんど聞えないくらいの声で、ぼくにいつた。

「あの男がこの汽車にのつているのをご存知ですか？」

「誰がですか？」

「あれですよ……あの男……ほんとに」

「あの男つて、誰ですか？」

「アルセーヌ・ルパンですわ！」

彼女は例の旅客から目を離さなかつた。彼女はこの気味のわるい名前を、ぼくよりはその旅客に投げかけたのである。

男は帽子を鼻の上まで下げた。それは彼の迷惑をかくすためだつたろうか、それともただ、眠るためだつたろうか？

ぼくは彼女に反対して言つた。

「アルセーヌ・ルパンは、昨日、欠席裁判で二十年の懲役をいいわたされましたよ。だから、今日は人前に顔を出すような下手な真似はしないでしよう。それに、新聞では、あの男が例のラ・サンテを脱走してから、この冬トルコに姿を現わしたと書いてあつたじやありませんか？」

「あの男はこの汽車にのつてますわ」と、婦人は例の旅客にきこえるように、わざと、くりかえして言つた。「わたしの主人は、刑務課の次長ですから、駅の公安官自身の口から、いまアルセーヌ・ルパンを捜索していることをきいたんですの」

「しかし、そうだからといつて……」

「パ・ペルデュのホールで、あの男を見た人があるんですつて。彼はルアン行の一等の切符を買つたそうです」

「だつたら、つかまえるのは容易だつたでしように」

「彼は姿をくらましたんです。改札係は、改札口で彼を見かけなかつたのですが、郊外線のフォームから入つて、わたしたちの汽車より十分あとで出る急行にのつたらしいんです」

「でしたら、そこでつかまつたでしよう」

「でも、もし最後の瞬間に、その急行から、ここへ、この汽車にとびうつつたとしましたら……たぶん、そうですわ……きつとそうですわ」

「それなら、ここでつかまるでしよう。何故なら、駅員や警官はきつと、列車から列車へとびうつつたのを見たでしようから、ルアンについたら、きつとつかまるでしようよ」

「あの男が、決して！　また逃げみちを見つけるでしよう」

「それなら、それで心配したことはないですよ」

「でも着くまでに、何をするかわかりませんわ！」

「何をですか！」

「そんなことわかりつこありませんわ。どんなことでもしかねないんですから！」

　彼女は興奮していた。しかしまた、こうした状況からすれば、彼女の神経質な興奮は、ある程度やむをえなかつた。

　思わずぼくは言つた。

「じつさい、奇妙な偶然の一致つてことはありますね……でも、ご安心なさい。たとえアルセーヌ・ルパンがこの汽車にのつているとしても、彼はおとなしくしているでしよう。またひとつ新らしいいざこざにまきこまれるよりも、自分の身の危険をさけようとしか考えないでしようよ」

　私のことばに彼女は安心したようにはみえなかつた。それでも彼女は口を閉ざした。きつと、あまりぶしつけになるとでも思つたのであろう。

　ぼくは新聞をひろげ、アルセーヌ・ルパンの裁判の記事を読んだ。とくに新らしいことものつていなかつたので、たいして面白くなかつた。それに、ぼくは疲れていた。睡眠不足だつた。まぶたが重くなり、頭がさがるのを感じた。

「ねえ、もし、お眠りになつてはいけませんわ」

　婦人は私の新聞をひつたくり、怒つてぼくをにらめつけた。

「いや、眠りませんよ」と、ぼくは答えた。「ちつとも眠くないんです」

「とつても不用心ですわ」と、彼女は言つた。

「たしかに」と、ぼくは言つた。

　そしてぼくは、窓の外の風景や空にうかぶ雲などをがまんして眺めながら、眠気と必死になつて闘つた。しかしまもなく、すべてのものがかすんできた。興奮した婦人の姿も、ちぢこまつている紳士の姿も、ぼくの心から消え去つた。そしてぼくのなかには、大きな深い眠りの沈黙だけになつた。

　やがて、浅いきれぎれの夢が眠りをいろどつた。アルセーヌ・ルパンという名前をもった一人の男が、そこではかなりの役割を果していた。その男は、貴重な品物を背中にのせて地平線のあたりを歩き廻り、塀をのりこえ、大邸宅をおそつた。

　しかし、その男の姿はしだいにはつきりしてきた。それはもうアルセーヌ・ルパンではなかつた。男はぼくの方に近づき、しだいに大きくなり、信じられないくらいすばやく機関車にとびうつり、ぼくの胸の上におちこんできた。

　はげしい痛さ……かん高い叫び。ぼくは目をさました。あの男、例の旅客が、膝でぼくの胸をおさえ、ぼくののどをしめつけた。

　ぼくはそれをぼんやりとしか見なかつた。目が充血していたからである。ぼくはまた、あの婦人が隅つこで神経の発作におそわれて、ぶるぶるふるえているのを見た。ぼくは抵抗しようとも思わなかつた。それに、そんな力もなかつたろう。こめかみがずきずき鳴り、息がつまつた……ぼくはあえいだ……もう一分もしたら……窒息していただろう。

　男はそれを感じたにちがいない。彼はしめつけるのをゆるめた。しかしぼくを離さないで、輪をつくつておいた用意の紐を右手にもち、すばやい動作でぼくの両手首をしばつてしまつた。たちまちぼくは、しばりあげられ、猿ぐつわをはめられ、身動きできなくされてしまつた。

　しかもその男は、この仕事をいとも楽々とやつてのけたのである。それは、盗みや犯罪の大家や専門家の腕前を示していた。ひとことも口をきかず、おどおどしないで。冷静と大胆。そしてぼくは、まるでミイラのように椅子の上にしばられていたのだ。このぼく、アルセーヌ・ルパンが。

　まつたく滑稽だつた。それでぼくは、事態が重大であるのに、一方では、皮肉で愉快なことだと考えないこともなかつた。アルセーヌ・ルパンがかけだしみたいにまるめこまれるなんて！　しろうとみたいに強奪されるなんて――というのは、ぼくは財布も鞄もとられてしまつたんですぞ！　アルセーヌ・ルパンが、今度は逆にだまされ、負けるとは……何という大事件だ！

　まだ例の婦人が残つていたが、男は彼女をまつたく相手にしなかつた。彼は床におちていた手提袋をひろい、そのなかから宝石、財布、金銀細工をぬきとつただけだつた。婦人は片目をあけ、恐怖にふるえ、指輪をはずし、むだな手数はおかけしませんというように、それを男にさし出した。彼は指輪をひつたくり、彼女をにらんだ。婦人は気を失つた。

それから男は、相変らず落着いてだまつたまま、ぼくたちのことなどかまわないで、座席にもどり、タバコに火をつけ手に入れた宝物を熱心にしらべはじめた。そして彼はまつたく満足したようだつた。

ぼくはちつとも満足しなかつた。不当にも強奪された一万二千フランのことは語るまい。これはほんのしばらくのあいだ我慢すればよい損害だ。この一万二千フランは、ごく近いうちに再びぼくの手にもどつてくるはずだ。ぼくの鞄のなかに入つていた、とても重要な書類も同じように。その書類というのは、計画、見積り、アドレス、通信者のリスト、危険な手紙などだつた。しかし、さしあたつて、もつと切実で重大な心配がぼくをくるしめていた。

これからどうなるのだろう？

お察しのごとく、サン・ラザール駅を通つたときに起つた騒ぎを、ぼくはすつかり知つていた。ぼくがギョーム・ベルラという変名で交際していた友人たちに招待されたので——友人たちは、ぼくがアルセーヌ・ルパンに似ているといつてひやかしていたが——ぼくは思いどおりの変装ができなかつた。それに、ぼくのいることが密告されていた。さらに、ある男が急行から特急へとびうつるのを見たものがあつた。その男は、アルセーヌ・ルパンでなければだれであろう？ 従つて、しごく当然なことだが、電報で知らせをうけたルアンの警察署長は、相当な数の警官を動員し、列車の到着を待ちうけて、あやしげな旅客を訊問し、客車内をくわしく検査することだろう。

こうしたことをすべてぼくは予想していた。しかし、ぼくはそれほどじたばたしなかつた。ルアンの警察はパリの警察よりも慧眼であるとは思わなかつたし、それにぼくは、見つからないで通りぬける自信があつた——サン・ラザール駅の改札係をすつかり信用させるに役立つた、あの代議士の名刺を、もう一度平気な顔をして改札口で見せればいいではないか？——しかし、いまや事態は一変していた！ ぼくの身体はもはや自由ではない。いつもの手を使うのは不可能だ。客車のなかで、署長は、幸運にも手足をしばられ、小羊のようにおとなしく、すつかり荷造りされたアルセーヌ・ルパン氏を見つけることだろう。署長は、猟の獲物かごや果物か野菜のかごのような駅どめの小荷物を受取るみたいに、ただ受取りさえすればいいのだ。

こうした腹立たしい結末を避けるために、このしばられたぼくは何ができようか？

特急は、ヴェルノンやサン・ピエール駅を通過して、唯一の停車駅ルアンに向つて走つている。

もうひとつの問題がぼくをなやました。それはあまりぼくには直接の関係のないことだつたが、その解決はぼくに職業的な好奇心を呼びおこしていた。あの旅客の目的は何であるのか？

ぼくひとりだつたら、ルアンに着いたとき、あの男はゆうゆうと下車する時間があるだろう。しかし、婦人がいる。列車の戸が開くとすぐに、いまのところあんなにおとなしくひかえている婦人も、叫び、あばれまわり、救いを求めるだろう。

だからこそ、ぼくは意外におもつていたのだ！　どうしてあの婦人を、ぼくと同じように動けないようにしないのか？　そうすれば、彼は二人に悪事をはたらいたことを気づかれないで、やすやすと姿を消せるのに？

男は相変らずタバコをふかしながら、か細い雨が斜に降りはじめた空の一点をじつと見つめていた。ただ一度だけ、彼はふりかえつてぼくの時間表をとり、しらべた。

婦人の方は、敵を安心させるために、失神しているふりをしていた。しかし、タバコの煙にむせて咳こんだために、気を失つていないことがばれてしまつた。

ぼくの方は、まつたく身体の自由がきかず、ふしぶしが痛かつた。ぼくは考えにふけり……方法を考えていた……

ポン・ド・ラルシュ、オアセル……特急はスピードに酔い、たのしげに快速をつづけた。

サンテティエーヌ……そのとき、男は立ちあがり、ぼくたちの方へ二歩すすんだ。すると婦人はあわてて悲鳴をあげ、今度はほんとうに気を失つてしまつた。

だが、いつたいこの男の目的は何だろう？　彼はぼくたちの側の窓ガラスをしめた。雨はいまやはげしく降つていた。彼はレインコートも外套もないので困つているような素振りをしていた。彼は網棚を見上げた。婦人の晴雨兼用の傘がある。彼はそれをとつた。同時に、ぼくの外套もとつて、それを着けた。

　汽車はセーヌ河をわたつた。彼はズボンのすそをまくりあげ、それから身をかがめて、外側の掛金をはずした。

　彼は線路の上にとびおりるのだろうか？　このスピードでは、確実に死ぬだろう。列車はサント・カトリーヌ海岸のトンネルに入つた。男はドアをあけ、足で踏段をさぐつた。きちがい沙汰だ！　暗闇、煙、騒音、それらはすべて、このような試みに異様な外観を与えていた。しかしとつぜん、列車は徐行した。ブレーキが車輪の回転をゆるめた。速度はすぐ普通になり、またおそくなつた。トンネルのなかのこの個所で、補強工事の計画があり、おそらく数日前から列車の徐行が必要となつていたのだろう。男はそのことを知つていたにちがいない。だから彼は、もう一方の足を踏段におろし、二段目におりて、掛金をはずしドアをしめ、ゆうゆうとび下りることができたのだ。彼の姿が見えなくなるとすぐに、明るくなつて白い煙が目に見えた。列車は谷間に出た。もうひとつトンネルをくぐれば、ルアンにつく。

　婦人はすぐに意識をとりもどした。彼女はまず宝石がなくなつたことをなげいた。ぼくは目で彼女にたのんだ。彼女は理解し、ぼくの口の猿ぐつわをはずしてくれた。彼女は、ぼくの手の紐もほどこうとしたが、ぼくはそれをとめた。

「いや、いや。警察に現状を見せなくてはいけません。この恰好を見せたいんです」

「では、非常ベルを鳴らしましょうか？」

「もうおそいです。ぼくがやられているときに鳴らすべきだつたですよ」

「そんなことしたら、私は殺されてしまいますわ！　ねえ、あの男がこの汽車にのつていると申し上げたでしょう！　私は写真で知つていましたから、すぐにわかりましたわ。あの男は、私の宝石をとつて逃げてしまいましたわ」

「すぐにつかまるでしょう。心配ないですよ」

「アルセーヌ・ルパンがつかまるんですって！　そんなことはとても」

「それはあなたしだいですよ、奥さん。いいですか。列車がついたら、ドアのところにいて、大さわぎをして、人を呼びなさい。警官や駅員がとんで来るでしょう。そこで、あなたが見たことをお話しなさい。ぼくが襲われたことや、アルセーヌ・ルパンが逃げたことを、かんたんに。彼の人相、ソフト帽、雨傘――あなたのね――灰色の外套のことなどを」

「あなたの外套ですね」と、彼女は言った。

「ぼくのですって？　いやいや、彼のですよ。ぼくは外套なんかもっていませんでしたよ」

「あの男がのってきたときも、やっぱり外套なしのようでしたわ」

「いや、ありましたよ……もしかしたら、網棚に忘れてあったのかもしれませんね。いずれにしても、彼は降りるときに外套をきてました。これが重要なことです……灰色の長い外套です、おぼえているでしょう……ああ、そうだ、最初にあなたの名前をいいなさい。ご主人の職業を知ったら、あの連中も張りきるでしょうからね」

列車は駅にさしかかった。彼女はすでに戸口に行こうとした。ぼくは少しばかり強い、ほとんど命令するような声で、ぼくの言葉が彼女の頭にきざみこまれるようにいった。

「ぼくの名前を言って下さい。ギヨーム・ベルラです。必要でしたら、あなたとお知り合いだと申しなさい……そうすれば時間がかせげますよ……予備調査をしなければなりませんからね……大事なのは、アルセーヌ・ルパンを追跡することです……あなたの宝石もね……まちがえないようにね、いいですか？　あなたのご主人の友だちのギヨーム・ベルラですよ」

「わかりましたわ……ギヨーム・ベルラですね」

彼女はもう人を呼ぶ恰好をした。列車がまだ止らないうちに、一人の紳士が数人の部下をつれてとびのってきた。決定的な時間が近づいた。

婦人は息をはずませて叫んだ。

「アルセーヌ・ルパンです……わたしたちがやられたんです

……宝石をとられました……わたし、刑務課次長ルノーの家内です……あら、あそこにわたしの弟がいますわ、ルアン銀行の頭取、ジョルジュ・アルデルです……ご存じだと思いますが……」

彼女は、ぼくたちのところへやつてきた若い男を抱擁した。署長はその男に挨拶した。彼女は泣きながら言葉をついた。

「そうです、アルセーヌ・ルパンなんですの……あのかたが眠つてらつしやるときに、首をしめたのです……ベルラさん、主人のお友だちですわ」

署長がたずねた。

「ですが、どこにいるんです、アルセーヌ・ルパンは？」

「セーヌ河を渡つてから、トンネルのなかでとび下りたのです」

「あの男にまちがいないですか？」

「まちがいありません！　わたし、はつきり見たんですもの。それに、サン・ラザール駅で見た人もあるんです。ソフト帽をかぶつて……」

「いや……この方のと同じような固いフェルト帽です」と、署長はぼくの帽子を指さして訂正した。

「たしかに、ソフト帽ですわ」と、ルノー夫人がくりかえしいつた。「それから、灰色の長外套と」

「なるほど」と、署長はつぶやいた。「電報に書いてあります、黒ビロードの襟のついた、灰色の長外套だと」

ぼくはほつとした。ああ！　何と立派な、すばらしい女友だちだろう！

その間に、警官たちはぼくの縄をほどいてくれた。ぼくはつよく唇をかんだ。血が流れた。長いあいだ不自由な恰好をしていた人のように、ぼくは身体を折りまげ、ハンカチを口にあて、顔に猿ぐつわの血のあとをつけて、よわよわしい声で署長にいつた。

「署長さん、アルセーヌ・ルパンです、きつとそうです……早く追いかければ、つかまえられます……ぼくも少しはお役に立つと思います……」

当局の検証に役立つ車輛は切りはなされた。列車はそのままル・アーヴルに向つて出発した。ぼくたちは、フォームを埋めつくした弥次馬の群れをわけて、駅長室の方に案内された。

そのとき、ぼくはためらつた。何か口実をつくつて、その場をはなれ、自動車のところへ行つて逃げることもできるのだ。待つのは危険だ。何か起つて、パリから電報がくれば、ぼくは破滅だ。

そうだ。しかしぼくのものを盗んだ奴は？　ぼくの自力では、あいつをつかまえる望みはない。

「なあに！　やるだけやつてみよう」と、ぼくは考えた。「そして、このままでいよう。勝負に勝つのは困難だが、しかし闘うのは面白い！　それに、賭金にはそれだけの価値があるんだ」

それで、陳述をつづけるように求められたとき、ぼくは叫んだ。

「署長さん、アルセーヌ・ルパンはいま逃走中です。ぼくの自動車が駅の構内で待つています。もしお乗り下されば、ぼくたちは追跡するのですが……」

署長は上品に笑つた。

「その考えは悪くありませんな……そんなに悪くない証拠に、それはいま実行されています」

「へえ！」

「そうですよ。私の部下が二人、自転車で出かけました……もう、ずいぶん前に」

「しかし、どこへ？」

「トンネルの出口です。あそこで何か手がかりをつかんで、アルセーヌ・ルパンを追跡するのです」

ぼくは肩をすくめずにはいられなかつた。

「あなたの部下は、何も手がかりをつかめないでしょう」

「そんなことは！」

「アルセーヌ・ルパンは、トンネルから出るところを見られないようにしてますよ。彼は最初の街道へ出て、そこから……」

「そこからルアンに行き、われわれにつかまりますよ」

「彼はルアンへは行かないでしょう」

「それなら、あの近くにいて、なおさら確実に……」

「彼はその近くにもいないでしょう」

「いや、いや！　それなら、どこにかくれるのかな？」

　ぼくは時計をとり出した。

「いまの時刻では、アルセーヌ・ルパンはダンネタル駅の近くをうろついています。十時十五分、つまり、二十二分後に、彼はルアンの北停車場からアミアン行の汽車に乗るでしょう」

「ほんとですか？　どうしておわかりなのですか？」

「なあに、とても簡単ですよ。汽車のなかで、アルセーヌ・ルパンはぼくの時間表を調べました。そのわけは？　彼が姿を消した場所の近くに、ほかの線、或いはほかの駅、その駅にとまる汽車がありますか？　ぼくもいま、時間表をしらべたところです。それでわかつたんですよ」

「なるほど」と、署長はいつた。「すばらしい推理です。うまいですな！」

　ぼくは自信のあるのをいいことにして、あやうくぼくの腕のあるところを見せてしまつた。署長はおどろいてぼくを見つめた。彼の頭をある疑念がかすめたようだつた——なに！　ほんの少しばかりだ。各方面から送られた写真は極めて不完全で、現にいま彼の前にいる人物とはあまりかけはなれたアルセーヌ・ルパンだつたからである。しかし、とにかく彼はおどろき、かなり不審に思つたのだ。

　しばらく沈黙がつづいた。何かよくわからない、はつきりしないものが、ぼくたちの口を閉ざしたのだ。ぼく自身、身体がすこしふるえた。情勢は不利になつたのか？　ぼくは自分をおさえながら、笑いだした。

「いや、ただ、鞄がぬすまれたから、それをとりかえしたいと申しているだけですよ。ですから、もし部下を二人ばかりお貸し願えれば、ぼくは力を合せて……」

「あら！　お願いしますわ、署長さま」と、ルノー夫人は叫んだ。「ベルラさんのおつしやるようにして下さいよ」

　ぼくのすてきな女友だちの発言は決定的だつた。有力者の妻である彼女の口から出たこのベルラという名前は、ほんとうにぼくの名前になつてしまい、ぼくに疑う余地のない身分証明書を与えてくれた。署長は立ち上つた。

「成功してくだされば、まことにうれしいのですが、ベルラさん。わたくしも、あなたと同時に、アルセーヌ・ルパン逮捕に努力いたします」

彼はぼくを自動車のところまで案内してくれた。彼が紹介した二人の刑事、オノレ・マソルとガストン・ドリヴェが同乗した。ぼくが運転することになつた。助手がクランクを廻した。数秒後、ぼくたちは駅を後にした。ぼくはたすかつたのだ。

ああ！　実をいえば、この古いノルマンディーの町をとりまく大通りの上を、三十五馬力のモロー・レプトンで大威張りで走つて行つたときには、ぼくはいくらか得意にならざるをえなかつた。モーターは気持よく動いていた。左右両側の木立がうしろへ走り去つた。そしてぼくは、危機を脱して自由の身となり、国家権力の二人の立派な代表者の協力のもとに、ぼくのつまらない私用をかたづけさえすればよかつたのである。アルセーヌ・ルパンがアルセーヌ・ルパンを探しに行くのだ！

社会秩序のつつましやかな支え手であるガストン・ドリヴェとオノレ・マソル、何と君たちの協力は貴重であつたことか！　君たちがいなかつたら、ぼくは四つ辻で何度道をまちがえたことだろう！　君たちがいなかつたら、アルセーヌ・ルパンは失敗し、もう一人のアルセーヌ・ルパンは逃げてしまつただろう！

だが、まだすべてが終つたわけではない。それどころではないのだ。まず、あの男をつかまえ、次に、あの男に盗まれた書類をとりもどさなければならない。どんなことがあつても、ぼくの二人の従者にこの書類の存在をかぎつけられてはならない。もちろん、その書類を押えられることがあつたら大変だ。彼らを利用し、彼らに知られずに行動すること、これがぼくの望むところだが、しかしこれは決してたやすいことではない。

ぼくたちは、列車が通過してから三分後にダルネタルについた。黒ビロード襟つきの灰色の長外套をきた男が、アミアン行の切符を買つて二等車にのつたのを知つて、ぼくが安心したのはもちろんである。ぼくの警官としての前途は、まことに有望なのだ。

ドリヴェがぼくに言つた。

「汽車は急行ですから、次は十九分後に、モンテロリエ・ビュシーにしかとまりません。われわれがルパンより早くつかなければ、やつはアミアンまで行つて、クレール線に乗りかえて、ディエップかパリに向うでしよう」

「モンテロリエまでの距離は？」

「二十三キロです」

「二十三キロを十九分でか……こちらが先につくだろう」

息づまるような道中！　ぼくの忠実なモロー・レプトンが、このときほどぼくの焦燥に、熱心に、しかも規則正しく答えてくれたことはなかつた。まるでぼくは、この車にレヴァーやハンドルの仲介もなく、直接にぼくの意志をつたえているような気がした。車はぼくと希望をわけ合つた。車はぼくの執拗さに同意した。車はあのにせのアルセーヌ・ルパンの野郎に対するぼくの憎しみを理解した。ペテン師！　裏切り者！　あいつをやつつけることはできるだろうか？　またしてもあいつは、当局をごまかすだろうか？　ぼくが代表しているこの当局を？

「右へ！」と、ドリヴェは叫んだ。「左へ！……まつすぐに！」

車は地面すれすれに飛ぶように疾走した。歩道との境の石は、まるで臆病な小さい動物のように、車が近づくにつれて姿を消した。

すると、とつぜん、街道の曲り角で、煙の渦が見えた。北部線の急行列車だ。

一キロほど、並んで競走をつづけた。しかしそれは、はじめから結末がわかつていた競走だつた。到着したとき、ぼくたちは二十車体分ぐらい追い抜いていた。

ぼくたちは三秒間で、二等車の前のプラットフォームに出た。ドアが開いた。数人が降りてきた。ぼくの泥棒はいない。ぼくたちは車室のなかをしらべた。アルセーヌ・ルパンはいなかつた。

「畜生！」と、ぼくは叫んだ。「並んで走つているあいだに、自動車にのつているぼくを見つけて、とび下りたのだろう」

車掌はこの推測を確認した。彼は駅から二百メートルの地点で、一人の男が土手にそつてとび下りるのを見たのだ。

「ほら、あそこです……踏切りをいま渡つている奴です」

ぼくは二人の従者をつれてかけだした。いや、二人ではなくて、一人だつた。というのは、もう一人のマソルの方は、長距離向きでスピードもある特別すぐれた走者だつたから、ぼくより先にかけて行つたのだ。みるみるうちに、彼と逃亡者との間隔はせまくなつた。男は彼に気づき、生垣をのりこえ、土手の方へ急いで逃げ、よじのぼつた。彼の姿はずつと遠くなつた。小さな森のなかへ入つて行くのが見えた。

ぼくたちが森のところまで行くと、マソルが待つていた。彼はこれ以上追えば、ぼくたちを見失うから無駄だと判断したわけである。

「それでいいよ、君」と、ぼくは彼に言つた。「あんなに走つたら、あいつは息が切れるだろうから、きつとつかまるよ」

ぼくは、取られたものを自分ひとりで取りかえしたかつたから、逃亡者をぼくだけで捕える方法を考えながら、付近を調査した。警察はおそらく、不愉快な取調べをいやというほどしてからでなければ、それを返してはくれないにちがいないからだ。それから、ぼくは二人のところへもどつた。

「やさしいことだ。マソル君、君は左手を見張つてくれ。ドリヴェ君は右手だ。それで、森の裏側を監視してくれれば、あいつの出てくるところが見えるよ。この谷間から出てくれば、ぼくが番をしてるから大丈夫だ。あいつが出てこなかつたら、ぼくが入つて行く。そして必ず、君たちの方へ追い出すよ。だから、君たちは待つてればいいんだ。あ、そうだ、緊急の場合はピストルを鳴らすことにしよう」

マソルとドリヴェは、それぞれの持場の方へ遠ざかつていつた。二人の姿が見えなくなると、すぐにぼくは、姿を見られたり足音を聞かれたりしないように、細心の注意をはらいながら、森の中へもぐりこんでいつた。それは猟をするために特に保護されている深い薮で、まるで緑の地下道を通るように、身体をこごめなければ歩けないほど狭い小道が通じていた。

その小道のひとつをたどつて行くと、空地に出た。そこのぬれた草の状態から人の通つたことがわかつた。ぼくは雑木林のあいだを用心して通りぬけながら後をつけた。その足跡をたどつて行くと、なかば崩れたしつくいの小屋が立つている小さな岡のふもとに出た。

「あそこにいるにちがいない」と、ぼくは考えた。「いい展望台をえらんだものだ」

ぼくは小屋のそばまではつていつた。かすかな物音が人の気配を感じさせた。そして、事実、開いた窓から男の背中が見えた。

ぼくは男に躍りかかつた。彼は手に持つていたピストルを向けようとした。ぼくはそのすきを与えず、両腕が身体の下敷になるように彼を押えつけ、ぼくの膝で胸をおしつけた。

「いいか、こら」と、ぼくは相手の耳にささやいた。「ぼくはアルセーヌ・ルパンだ。ぼくの鞄と、あの女の手提をすぐに返せ……そうすれば、お前を警察の手から逃がしてやり、ぼくの仲間にしてやるよ。ウィかノンで答えろ」

「ウィ」と、彼はつぶやいた。

「よろしい。今朝のお前の仕事はとてもみごとだつた。なかよくしよう」

ぼくは起き上つた。彼はポケットをさぐつて、大きなナイフをとり出し、ぼくを刺そうとした。

「ばかやろう！」と、ぼくはどなつた。

ぼくは片手で攻撃を防いだ。そしてもう一方の手で、敵の頸動脈を強く打つた。いわゆる《頸動脈突き》と呼ばれている手だ。彼は気を失つて倒れた。

ぼくの鞄のなかには、書類も紙幣も入つていた。好奇心から、ぼくは彼の鞄ものぞいて見た。彼に宛てた手紙の封筒に、彼の名前が書いてあつた。ピエール・オンフレー。

ぼくはぞつとした。オートゥイユのラ・フォンテーヌ街の殺人犯、ピエール・オンフレーだ！　デルボア夫人とその二人の娘をしめ殺したピエール・オンフレー。そうだ、汽車のなかで、前に見たような気がしたのは、この顔だつたのだ。

しかし時間がたつていく。ぼくは一枚の封筒に百フラン紙幣を二枚入れ、名刺に次の言葉を書き記して同封した。《善良なる同僚オノレ・マソルとガストン・ドリヴェに、感謝のしるしとして、アルセーヌ・ルパン》ぼくはその封筒を部屋のなかのよく見えるところへ置いた。そのそばにルノー夫人の手提も。ぼくを助けてくれたすばらしい女友だちに、これを返さないでおけようか。

次にこの男だ。彼は身体を動かしはじめた。どうしたらいいだろう？　ぼくには、彼を救う資格も、彼を罰する資格もない。

　ぼくは彼の武器をとり上げ、空にむかってピストルを発射した。

「いまにあの二人がやってくる」と、ぼくは考えた。「どうにかなるだろう！　あとは運命にまかせるだけだ」

　それからぼくは、谷間の道をとおって、急ぎ足で遠ざかつた。

　二十分後、追跡の途中で見つけておいた近道を通って、ぼくは自動車のところへもどつた。

　四時に、ぼくはルアンの友人たちに電報を打つて、予期しない事故のため、訪問を延期する旨を伝えた。実をいえば、今では友人たちが真相を知つたにちがいないから、ぼくは訪問を永久に延期しなければならないと思う。彼らはがつかりするだろう。

　リール・アダン、アンギアン、ビノ門を通つて、ぼくは六時にパリへ帰つた。

　その日の夕刊を見て、ぼくはとうとうピエール・オンフレーが逮捕されたことを知つた。

　その翌日――巧妙な宣伝の利益は、まつたくばかにならないものだ――『エコー・ド・フランス』紙は、次のようなセンセーショナルな記事を掲載した。

《昨日、ビュシー付近において、アルセーヌ・ルパンは、数々の事件を起した後、ピエール・オンフレーの逮捕をおこなつた。ラ・フォンテーヌ街殺人事件の犯人は、パリ＝ル・アーヴル間の列車内で、刑務課次長ルノー氏夫人の所持品を奪つたところであつた。アルセーヌ・ルパンは、宝石の入つた手提をルノー夫人に返し、この劇的な逮捕の際、彼を援助した警視庁の警官二名に、充分の謝礼を払つたのである》

女王の首飾り

一年に二、三度、たとえば、オーストリア大使館の舞踏会とか、ビリングストン夫人の夜会といつた晴れの場合には、ドルー・スービーズ伯爵夫人はその白い肩に、《女王の首飾り》をかけることにしていた。

それは、まことに有名な首飾りだつた。王室付の宝石細工師ボメールとバサンジュが、デュ・バリー夫人のために作り、ロアン・スービーズ枢機卿がフランスの王妃マリー・アントワネットに捧呈したと信じられ、ラ・モット伯爵夫人で妖婦のジャンヌ・ド・ヴァロアが、一七八五年の二月のある夜、彼女の夫とその共犯者レトー・ド・ヴィレートと共に、ばらばらに分解してしまつたという、伝説的な首飾りだつた。

実をいえば、その座金だけが本物だつたのだ。レトー・ド・ヴィレートはそれを保存しておいたのだが、ラ・モット伯夫妻は、ボメールが苦心して選んだみごとな宝石を、座金から乱暴にはずしてばらばらにしてしまつたのである。後になつて、彼はそれをイタリヤで、ガストン・ド・ドルー・スービーズに売つた。ガストンは枢機卿の甥で、また相続人であり、あのロアン・ゲメネーの破産騒動の際には枢機卿により救われたのである。彼は叔父の思い出のために、イギリスの宝石商ジェフリスが所有していた残りのダイヤモンドをいくつか買いもどし、大きさは同じだが、ずつと価値のおとつた他のダイヤモンドを補つて、ボメールとバサンジュが作つたのと同じすばらしい《囚われの首飾り》を再び完成したのである。

一世紀近くものあいだ、ドルー・スービーズ家の人たちはこの由緒ある宝石を自慢にしていた。いろいろの事情から、彼らの財産はいちじるしく減少していたが、彼らはこの王室の貴重な遺品を手ばなすよりは、むしろ召使いの数をへらすほうをえらんだのである。特に当主の伯爵は、先祖の屋敷に執着するように、その首飾りに執着していた。用心のために彼はリヨン銀行の金庫を借りて、それを預けておいた。妻がそれを身につけたいという日の午後に、彼は自ら銀行にとりに行き、翌日も自分で返しに行くことにしていた。

その晩、カスティーユ宮殿のレセプションで――この事件は今世紀初頭に起つたのだが――伯爵夫人は大成功をおさめた。それはクリスティアン王のための歓迎会だつたが、王は夫人のすばらしい美貌に目をとめられた。優雅な首のまわりに宝石が輝いていた。ダイヤモンドのいく千もの切子面は、光に照りはえて、炎のようにきらめいた。彼女以外のほかのどんな女性も、このような装身具の重みを、これほど気易く上品に身につけることはできなかつたであろう。

それは二重の勝利だつた。ドルー伯爵は、その勝利を心ゆくまで味わつた。そして夫妻がサン・ジェルマン街の古い邸宅の部屋に帰つてきたとき、伯爵は自らを祝福した。彼は自分の妻を誇らしく思つた。またおそらく、四代にわたつて彼の家の家宝となつている宝石のことも同じように誇らしく思つたことだろう。夫人のほうは、それを子供のように得意になつていた。しかし、それは彼女の高慢な性格にふさわしかつた。

夫人は名残り惜しそうに肩から首飾りをはずし、それを夫に手渡した。伯爵はそれを、まるではじめて見るように、ほれぼれと見つめた。それから、それを枢機卿の紋章入りの赤皮の宝石箱にしまい、隣りの部屋に移つた。それは、先ほどの部屋から完全に隔離された一種の寝室で、寝台の裾のところだけ入口があつた。いつものように、彼は宝石箱をかなり高い棚の上の帽子箱や下着類が積まれたなかにかくした。彼はドアをしめ、服をぬいだ。

翌朝、伯爵は九時頃起床した。午前中にリヨン銀行へ行くつもりだつた。彼は服をきて、コーヒーを一杯飲み厩舎におりていつた。そこで彼は用意をするように命じた。一頭の馬のことが気になつたので、その馬を中庭で歩かせたり走らせたりした。それから夫人のところへもどつた。

夫人は一度も部屋を離れなかつた。彼女は女中の手をかりて化粧していた。夫人は夫にいつた。

「おでかけでございますか？」

「そうだ……あれをとどけにな……」

「あら！　ほんとに……そのほうが安心ですわ……」

伯爵は小部屋に入つた。しかしすぐに、少しも驚いた様子も見せないでたずねた。

「おまえは、あれをとつたんかい？」

夫人は答えた。

「何でございますか？　いいえ、わたくし、何もとりませんでしたわ」

「動かしただろう」

「少しも……そのドアをあけさえしませんわ」

彼は引つつた顔付きで現われ、ほとんど聞きとれぬ声で、口ごもりながら言つた。

「動かさなかつたか？……お前じやない？……すると……」

夫人は走り寄つた。二人は紙箱を床に投げたり、下着の山をくずしたりしながら、猛烈に探しまわつた。伯爵はくりかえした。

「むだだ……こんなことをしてもむだだ……たしかに、そこに、その棚の上においたのだが」

「お思いちがいじやありませんかしら」

「この棚の上だ、ほかの棚ではない」

彼らはろうそくに火をつけた。その部屋はうす暗かつたからだ。二人は下着やじやまになる物をすべてとりのけた。そして小部屋に何もなくなつたとき、彼らはあの有名な《女王の囚われの首飾り》がなくなつていることを、認めなければならなくなつて、絶望したのである。

伯爵夫人はしつかりした性質の持主だつたので、無益な悲しみにひたつて時間をむだにすることなく、警察署長のヴァロルブ氏に知らせた。夫妻は前から、署長の鋭い才智と慧眼とを高く評価していたのである。ヴァロルブ氏はくわしい説明をきいた後で、すぐにたずねた。

「伯爵、夜のうちにあなたの部屋を誰も通らなかつたのは確かですか？」

「絶対に確かです。わたしはとても眠りが浅いのです。その上、この部屋のドアには、かんぬきが下してあつたのです。今朝、家内が女中を呼んだとき、わたしはかんぬきをはずさなければならなかつたんですよ」

「で、この部屋に入りこめるような通路は、ほかにはないのですな？」

「ありません」

「窓もですか？」

「窓はありますが、しめきつてあります」

「拝見いたしましょう」

　ろうそくがつけられた。ヴァロルブ氏はすぐに、窓は櫃で下半分しかふさがれていない点を指摘した。しかも、櫃は窓枠にぴつたりとはくつついていなかつた。

「これだけくつついていれば」と、ドルー伯爵は反駁した。「大きな音をたてずに動かすことはできませんよ」

「で、この窓の外はどこなのですか？」

「小さな内庭です」

「この上にもう一階ありますか？」

「二階あります。しかし、召使いたちの部屋のあるあたりはこまかい格子の柵でかこまれています。だから、ここはうす暗いのです」

　ところが、櫃をとりのけてみると、窓はちやんとしまつていることがわかつた。もし誰かが外から入つたとしたら、そんなはずはない。

「しかし」と、伯爵は注意した。「その誰かが、わたしたちの部屋を通つて出ていつたのなら、別ですがね」

「その場合には、この部屋のかんぬきはひらいているはずですよ」

　署長はしばらく考えこんでいたが、今度は夫人のほうを向いて、言つた。

「奥様、あなたのおそばの方で、昨晩あなたがその首飾りをなさることを知つていた者はありましょうか？」

「たしか、あたくしは、少しも、かくしませんでしたわ。でも、それがこの部屋にしまつてあることは誰も知らないはずです」

「誰もですか？」

「誰も……ただ、もしか……」

「お願いですから、奥様、どうかはつきり申して下さい。その点がいちばん重要なのです」

夫人は夫に言つた。

「アンリエットのことを思いましたの」

「アンリエット？　あれもそんなことは知らないはずだよ」

「確かでしょうか？」

「その御婦人はどなたでしょう？」と、ヴァロルブ氏はたずねた。

「修道院時代のお友だちなんです。労働者みたいな人と結婚したために、実家と折合いが悪くなつたのです。御主人がなくなつたので、あたくし、息子さんといつしょに引きとつて、この邸の一室に住まわせているのです」

それから、夫人は言いにくそうに言つた。

「いろいろ手伝つてくれるんです。手がとても器用ですので」

「何階に住んでいますか？」

「この階です。ここの近くに……この廊下のつきあたり……それに、考えてみますと……あの人の台所の窓は……」

「この内庭に面しているのですな？」

「そうですわ、ちようど真向いに」

その言葉のあとで、しばらく沈黙がつづいた。

それからヴァロルブ氏はアンリエットのところまで案内してほしいと申し出た。

アンリエットは、ちようど裁縫をしているところだつた。息子のラウルは、六、七才のいたずら子だつたが、母親のそばで本を見ていた。署長は、女の借りているのが、暖炉もなく、片隅が台所の代りになつているたつた一間のみすぼらしい部屋であるのを見て、かなり驚いたが、彼女に質問した。彼女は盗みがあつたことを知つてびつくりしたようだつた。昨夜、彼女は自分の手で夫人に服を着せ、夫人の首に首飾りをかけてやつたのである。

「まあ、いつたい何ということでしょう？」と、彼女は叫んだ。

「で、何か思いあたることはありませんか？　少しも変つたことは？　犯人はこの部屋を通りぬけたかもしれませんぞ」

彼女は、自分が疑いをかけられているとは夢にも思わないで、楽しげに笑つた。

「だつて、わたしは一歩も離れなかつたんですもの、この部屋を！　決して外出はいたしません、わたしは。それに、あなたはごらんになりませんでしたの？」

　彼女は台所の窓をあけた。

「ほら、むこうの窓まで、三メートル以上もありますわ」

「どうして、犯人があそこから入つたとわかるんかね？」

「だつて……首飾りはあの小部屋にあつたんでしょう？」

「どうしてそれを知つているのかね？」

「まあ！　夜はあそこにおいてあるのを、前から知つていましたわ……その話をきいたことがあるんですもの……」

　まだ若いのに、苦労にやつれた女の顔は、やさしさとあきらめとを示していた。しかし突然、彼女は、まるで危険におびやかされたように、黙つたまま苦しげな表情をした。彼女は子供を抱きよせた。子供は母親の手をとつて、やさしく握りしめた。

「わたしの考えでは」と、ドルー伯爵は二人きりになつたとき署長に言つた。「わたしの考えでは、彼女を疑うべきではないと思います。わたしがあの女の責任を持ちます。まことに正直な人です」

「いや！　わたしも全く同じ意見です」と、ヴァロルブ氏は断言した。「ただ、自分では気がつかないうちに犯人に協力しはしなかつたかと考えただけですよ。しかし、この解釈は捨てるべきだと思います。われわれの直面している問題の解決には全く役に立ちませんからね」

　署長はその捜査をこれで打ち切つた。予審判事がそれをひきついで数日間をついやした。召使いたちが訊問され、かんぬきの具合がたしかめられ、小部屋の窓の開閉が調べられ、内庭が隅から隅まで捜索された。すべては徒労に終つた。かんぬきは異常なく、窓は外からは開けることも閉めることもできなかつた。

　アンリエットに対しては特にきびしい捜査の手が向けられた。結局のところ、いつもこの方面があやしかつたからである。彼女の私生活は丹念に洗われた。その結果、この三年間に、彼女は四度しか邸宅を出なかつたことが確かめられた。そしてその四度とも、お使いのためであることがわかつた。事実、彼女はドルー夫人の小間使いと裁縫女とを兼ねて仕えていたのであるが、夫人は彼女に対して厳しかつたことを召使い全員がそろつて証言していた。

「それに」と、予審判事はいつた。彼は一週間の捜査の後に、署長と同じ結論に達していた。「犯人がわかつているとしても、いかにして盗みが行われたかについては皆目わかつていない。どちらを見ても、二つの障害にぶつかるのだ。ドアも窓もしまつていた。二重の謎だ！　どんなふうにして忍び込んだのか？　また、もつとはるかにむずかしいことだが、かんぬきをかけたドアと、しまつている窓を残して、どうして逃げ出せたんだろう？」

四ケ月にわたつた捜査の後、予審判事はひそかに次のように考えた。ドルー夫妻は、金の必要にせまられて、女王の首飾りを売り払つたのであろう。彼は事件を打ち切りにした。


貴重な宝石を盗まれたことは、ドルー・スービーズ家に打撃を与え、その後長い間その痕跡が残つた。彼らの信用は、もはやそのような宝物の裏付けがなかつたために、債権者たちは前よりずつと強硬になり、それまでのように便宜をはかつてくれなくなつた。彼らは生身をけずるような思いで、財産を割譲したり、抵当に入れたりした。要するに、遠い祖先が残してくれた二人の大きな遺産が救つてくれなかつたら、彼らは破産していたであろう。

また彼らは、まるで貴族の資格を失つたかのように、自尊心まで傷つけられた。そして奇妙なことに、伯爵夫人は昔の学校友だちにあたりはじめたのである。彼女は友だちを心から憎み、公然と彼女を非難した。まず、彼女は女中部屋に移され、それから、だしぬけに追い出されてしまつた。

それから、たいした事件も起らないで日々が流れた。夫妻はしきりに旅行をした。

その時期に、ただひとつだけ、特筆すべきことがある。アンリエットが追い出されてから数ケ月後に、伯爵夫人は彼女から一通の手紙を受取つて、びつくりした。

《奥様、
どのようにお礼を申し上げてよいのかわかりません。あれをお送り下さいましたのは、あなたでございましょう？　あなた以外の方ではありえないことですもの。こんな田舎の片隅のかくれ家を御存知なのは、あなた以外にはありません。もしまちがつていましたら、お許し下さいませ。そして、せめてあなたの昔のご好意に対する、わたくしの感謝の気持をおくみとり下さいますよう……》

彼女は何を言おうとしたのだろうか？　夫人の現在、または過去の好意なるものは、つきつめていえば、いろいろ意地悪なことをしたということだけだ。この感謝は何を意味しているのだろう？

説明を求められたアンリエットは、書留でも為替でもない普通の郵便で、千フラン札を二枚受取つたと返事してきた。彼女は返事のなかに封筒を同封してきたが、それにはパリの消印があり、受取人の宛名だけが一目で偽の筆蹟とわかる文字で書かれてあつた。

この二千フランは、どこから来たのだろうか？　誰が送つたのだろう？　そして、何故送つたのか？　司法当局は調査した。しかし、こんな状態では、何の手がかりがつかめようか？

一年後、これと同じことが起つた。三度、四度。六年の間、毎年同じことが起つた。ただ、五年目と六年目とは、金額が二倍になつてはいたが。急病にかかつていたアンリエットは、おかげで充分に治療することができたのである。

もうひとつ難点があつた。郵政省は、そのうちの一通の手紙を、為替ではないという理由で差押えたが、その次の二通は規則通りに送られてきた。一通はサン・ジェルマン、もう一通はシュレーヌから発信されていた。発信人は、はじめアンクティー、その次はペシャールと署名していた。書かれていた住所は、偽のものだつた。

六年後、アンリエットは死亡した。謎は解けないまま残つた。

＊＊＊

以上の事件はすべて世間に知れわたつていた。事件は世論をわかせ、首飾りの数奇な運命は、十八世紀末のフランスを動揺させた後、さらに百二十年後に、もう一度同じような興奮をまき起したのである。しかし、これからわたしが述べることは、主な関係者たち、それから伯爵が絶対に口外してはならぬとたのんだ数人の者を除いては、誰も知らない。これらの人たちは、いつかは約束を破ることだろうから、わたしは遠慮なく秘密のヴェールをとくつもりだ。こうして人は、謎を解く鍵と同時に一昨日の朝刊に発表された手紙の説明をも知ることになろう。あの異常な手紙は、もしかしたら、あのドラマの暗黒に、さらに多くの影と秘密をつけ加えるかもしれないものだつたのだ。

　五日前のことである。ドルー・スービーズ邸で昼食に招待された人たちのなかに、伯爵の姪が二人と、従妹が一人いた。男客としては、エサヴィル裁判所長、ボシャス代議士、伯爵がシチリアで知り合いになつたフロリアニ氏、古くからの友人である将軍のルージエール侯爵がいた。

　食事のあとで、婦人たちはコーヒーをすすめ、紳士たちは、サロンから外へ出ないという条件つきでタバコを許された。おしやべりがはじまつた。若い娘の一人がトランプ占いをして楽しがつた。それから話題は有名な犯罪事件のことに移つていつた。すると、いつも伯爵をからかう機会を見のがさないルージエール氏が、首飾りの事件に話をむけた。これはドルー氏がいつもいやがる話題だつたが。

　すぐに、みんながそれぞれの意見を述べた。めいめいが自己流の予審をはじめた。すべての仮定が矛盾し合い、どれも同じように不合格であつたことはいうまでもない。

「で、あなたは」と、伯爵夫人はフロリアニ氏にたずねた。「あなたのご意見はいかがでしょうか？」

「なあに、わたしには意見なんかありませんよ、奥さん」

　誰ひとり承知しなかつた。つい先ほどまで、フロリアニは、パレルモの司法官である父と共に手がけたいろいろな事件を、極めてたくみに物語つたばかりで、こうした問題に関する彼の判断力と趣好とがわかつていたからであつた。

「正直に申しませば」と、彼は言つた。「腕ききの連中がさじを投げたときでもわたしは成功しました。しかし、そうかといつて、自分をシャーロック・ホームズのように思うのは……それに、わたしは事件の成行きもほとんど知りませんので」

人々は邸の主人のほうを見た。心ならずも彼は事件の要点をざつと話さないわけにはいかなかつた。フロリアニは傾聴し、考えこみ、二、三の質問を発してから、つぶやいた。

「どうもおかしい……一見したところ、そんなに真相を見ぬくのはむつかしくないようだが」

伯爵は肩をすくめた。しかし、他の人々はフロリアニの話に膝をのり出した。そこで彼は、少しばかりぶつきらぼうな口調でしやべりはじめた。

「一般に、ある犯罪または窃盗の犯人を探し出すには、その犯罪がいかにして行われたかを、明確にしなければなりません。この事件の場合は、わたしの考えでは極めて簡単です。何となれば、問題なのは、いくつかの仮説ではなくて、ただ一つの、はつきり確実なことだけですからね。それは、犯人が居間のドアか、小部屋の窓からしか入れないということです。ところで、かんぬきをかけたドアを、外から開けることはできません。だから、犯人は窓から入つたのです」

「窓はしまつていました、後からしらべた時もやはりしまつていたのです」と、ドルー氏はきつぱりと言つた。

「そのためには」と、フロリアニはドルー氏の口出しにかまわずつづけた。「台所の張出しと窓のふちとの間に、板か梯子で橋を渡せばよかつたのです。そして宝石箱を……」

「しかし、窓はしまつていたと申してるんですよ！」と、伯爵はいらだたしげに叫んだ。

今度こそフロリアニは返事せねばならなかつた。彼は、そんなつまらない反対など問題にもしないといつたふうに、極めて落ちついて答えた。

「窓はたしかにしまつていたと思います。しかし、回転窓がありはしませんか？」

「どうしてご存じなのですか？」

「第一に、その時代の邸宅では、たいていは回転窓があります。第二に、そうでなければ、盗みを説明することができないからです」

「たしかに、回転窓は一つあります。しかしそれは、外の窓と同様にしまつているのです。問題にもならなかつたことですよ」

「それは間違いです。もし注意して見てたら、開かれたことがわかつたでしよう」

「どうして？」

「その回転窓もやはり、いちばん端つこに輪のついた、編組針金で開くようになつているのでしようね？」

「そうです」

「そして、その輪は、窓枠と櫃の間にぶらさがつているのでしよう？」

「そうです。しかし、どうもよくわかりませんが……」

「こうですよ。窓ガラスに割れ目をつくつて、そこから何か道具、たとえば鍵のついた鉄の棒のようなものを使つて、輪をひつかけ、下に引つぱつて、あけたのです」

　伯爵は冷笑した。

「なるほど！　なるほど！　うまく考えましたな！　ただ、あなたはひとつだけ忘れていますよ。それは、窓ガラスには割れ目なんかなかつたということですよ」

「あつたんですよ」

「そんなら、気がついたはずですが」

「気がつくためには、注意して見なければなりません。だれも注目しなかつたんですね。割れ目はありますよ。ないなんてことは物質的にも不可能です。窓ガラスのパテに沿つて……もちろん縦にですが」

　伯爵は立ち上つた。彼は、とても興奮してるようだつた。彼はいらいらした足どりで、サロンのなかを二、三度歩き廻り、それから、フロリアニに近づいて、

「あの日から、あそこは少しも変つてはいません……あの小部屋には、誰も足を入れたことがないのです」

「それでしたら、わたしの説明が事実と一致しているかどうか、確かめになつたらいかがですか」

「あなたの説明は、当局が確認した事実と全く一致しておりません。あなたは何も見ていないし、何も知らない。それなのにあなたは、わたしたちが見たこと、知つていることに反対されるんですね」

　フロリアニは、伯爵のいらだちには気がつかないようだつた。彼はにこやかに言つた。

「いや、わたしははつきりと見ようとしているだけですよ。

もしまちがつていたら、誤りを証明して下さい」

「今すぐにでも……だけど、結局、あなたの確信などは……」

ドルー氏はまだ何か口のなかでぶつぶつ言つていたが、急にドアのほうへ行つて外へ出た。

誰も口をきくものはなかつた。まるで、本当に真相の一部が判明するかのように、人々は不安げに待つていた。沈黙は極めて重苦しかつた。

とうとう、伯爵がドアに姿を現わした。顔色は蒼ざめ、異様に興奮していた。彼は友人たちにふるえ声でいつた。

「どうも失礼しました。こちらのお話は、あまりに意外だつたので……わたしは全く考えても見なかつたことです……」

夫人がむさぼるようにたずねた。

「おつしやつて……おねがいですから……どうしたの？」

彼は口ごもつた。

「割れ目はあつた……しかも言われた通りのところに……窓ガラスの……」

彼は突然フロリアニの腕をとり、命令するような口調でいつた。

「さあ、あなた、つづけて下さい……これまでのところ、あなたのおつしやる通りだと認めますよ。だが、まだ終つたわけではありません……返事をして下さい……あなたのお考えでは、何が起つたんですか？」

フロリアニは、そつと腕をふりほどき、しばらくして口を開いた。

「よろしいか、わたしの考えでは、こうなのです。犯人は、ドルー夫人が例の首飾りをつけて舞踏会に行くのを知つて、留守のあいだに橋をかけたのです。彼は窓ごしにあなたのことを見張り、あなたが宝石をかくすのを見ました。それで、あなたが出るとすぐに、窓ガラスを破つて、輪を引つぱつたのです」

「なるほど。しかし、回転窓から下の窓までの距離はかなりありますから、手がとどきませんよ」

「窓をあけなかつたのは、回転窓から入れたからです」

「そんなことは不可能です。あそこから入れるほどの細い人間はいませんよ」

「だから、大人じやないんです」

「何ですつて！」

「もちろんです。もし、大人には狭すぎるなら、子供なのです」

「子供ですつて！」

「アンリエットには息子がひとりいるとおつしやつたじやありませんか！」

「なるほど……ラウルという名の子です」

「盗んだのは、そのラウルにちがいないでしよう」

「何か証拠がありますか？」

「証拠？……たしかに証拠はありますよ……たとえば……」

　彼は言葉を切つて、しばらく考えこんだ。それからつづけた。

「たとえば、この橋です。子供が、それを外から持つてきたり、また持ち出したりして、他の人に見られないとは考えられません。手近にあるものを利用したのでしよう。アンリエットの台所には、鍋をのせる板が壁にかかつていませんでしたか？」

「たしか、二枚あつたと思いますが」

「その板が、実際に下の支柱に釘づけにされていたかどうかを確かめる必要があります。釘づけになつている場合には、子供がその二枚の板をはずし、つなぎ合せたと考えられましよう。また、かまどがあつたわけですから、火かき棒を使つて回転窓をあけたのでしよう」

　伯爵は何も言わないで出て行つた。こんどは、そこにいる人たちも、先ほどのような未知のものに対する不安を感じなかつた。彼らは、フロリアニの予想が正しいことを確信していた。この男は、厳密に確実である、という印象を与えたので、人々は、彼が事実をひとつひとつ推理しているのではなくて、その正しさを次々にたやすく証明できる事件を物語つているかのように、彼の言葉に耳をかたむけていた。

　だから、伯爵がもどつてきて、次のように言つたときも、誰もおどろくものはなかつた。

「たしかにあの子供だ。たしかにあの子です。すべてが証明しています」

「板をごらんになりましたか？……火かき棒も？」

「見ました……板ははずされていました……火かき棒はまだ

あります」

　ドルー・スービーズ夫人は叫んだ。

「あの子ですって……それより、母親のほうでしょう。アンリエットだけに罪があるのですわ。きっとあの女が息子に……」

「いや」と、フロリアニは断言した。「母親は関係ありません」

「だって！　二人は同じ部屋に住んでたんですから、子供はアンリエットにかくれて、動くことはできなかったはずですわ」

「二人は同じ部屋に住んでいましたが、すべては夜、母親が眠っているあいだに、隣りの部屋で行われたのです」

「で、首飾りは？」と、伯爵が言った。「子供の持物のなかにでもあったんですか？」

「失礼！　子供は外へ出たんですよ。あなたが勉強机の前に子供がいるのを見た日の朝は、ちょうど学校から帰ったところだったんです。だから警察は、無実の母親なんかを取り調べたりしないで、子供の机のなかや教科書のあいだを探したほうが役に立ったでしょうな」

「なるほど。しかし、アンリエットが毎年受取っていたあの二千フランこそ、母親も共犯だということの何よりの証拠ではないですか？」

「共犯でしたら、あなたにそのお金のことでお礼の手紙を出したでしょうか？　それに、彼女は監視されていたのでしょう？　ところが、子供のほうは自由でしたから、近くの町まで走って行って、古物商とでも結たくし、ダイヤモンドを一粒か二粒、二束三文で売りはらうことなど、いともたやすいことだったのです……ただ、送金はパリからという条件をつけて、毎年同じことをくりかえしていたわけですよ」

　何とも言いがたい不安がドルー・スービーズ夫妻とお客たちにのしかかった。たしかに、フロリアニの口調や態度のなかには、はじめのうち、伯爵をあれほどいらだたせた確信とは別なものがあった。何か皮肉に似たものがあった。好意的な、同情をこめた皮肉というより、むしろ敵意をふくんだ皮肉だった。

伯爵は笑いをよそおつていた。

「まつたく見事なものですな！　おめでとう！　何とすばらしい想像力でしょう！」

「いやいや」と、フロリアニは真剣な面持ちで叫んだ。「想像力ではないのです。情況はどうしてもわたしがお話した以外にありえないと申しているだけです」

「あなたは何をご存じですか？」

「あなたがお話し下さつたことですよ。あちらの片田舎での母と子との生活を考えてみたのです。病気になつた母親、宝石を売つて母親を救うか、或いはせめて最後の苦しみをやわらげようとした少年の工夫と策略を考えたのです。病状は悪化し、母親は死ぬ。数年が過ぎ、子供は大きくなり、大人になる。そしてそのとき――今度は、わたしがすきなだけ想像していることを認めますよ――その男が、少年時代を送つた場所へ帰つてみたいと思い、母親を疑い、迫害した人たちに再会したと仮定いたしましょう。事件が実際に起つた古い邸で、こういつた会見が行われた場合に、どんなに深刻な興味があるのか、おわかりでしょうか？」


彼の言葉は、不気味な沈黙のなかにひびきわたつた。そして、ドルー夫妻の顔には、理解しようとする必死の努力が、またそれと同時に、理解することの恐怖と苦悩がにじみ出ていた。伯爵はつぶやくように言つた。

「いつたいあなたは何者なのですか？」

「わたし？　パレルモでお知り合いになり、もう何度もお宅にお招きをうけているフロリアニですよ」

「では、いまの話はどういう意味なんですか？」

「いや、何でもありません！　ちよつとした冗談ですよ。もしアンリエットの息子が、まだ生きていて、自分ひとりが犯人だつた、それは母が……女中の職を失うほど不幸だつたから、また、子供として母が苦しんでいるのを見るに忍びなかつたからだ、とあなたに言えたら、どんなに喜ぶことだろうと想像しただけなんです」

彼はなかば立ち上つて、伯爵夫人のほうへ身体をまげ、興奮をおさえながら、語つていた。疑う余地はまつたくなかつた。フロリアニ氏はまさしくアンリエットの息子にちがいない。彼の態度も、言葉も、すべてがそれを証明していた。それに、そう思われることが、彼の目的、いや彼の意志であることは明らかだつた。

伯爵はためらつた。この大胆な人物に対して、どんな態度をとつたらいいのだろう？　ベルを鳴らすか？　ひと騒動おこそうか？　むかし盗んだ奴の仮面をはいでやるか？　しかし、ずいぶん前の話だ！　それに、こんな不良少年のばかげた話なんか、誰が信用するだろうか？　いや、ほんとうのことがわからないようなふりをして、だまつているほうがいいだろう。そこで伯爵は、フロリアニに近づいて、楽しそうに叫んだ。

「とても面白い、とても興味深いですよ、あなたの小説は。とても興奮させられましたよ。しかし、あなたのお考えでは、その感心な青年、その模範息子はどうなりましたか？　途中でつかまりはしないでしょうね」

「いや、つかまりませんよ」

「そうでしょう！　そんなデビューぶりでは！　マリー・アントワネットが欲しがつた女王の首飾りを、六つのときに盗むなんて！」

「しかも、その盗みかたといつたら」と、フロリアニには伯爵の冗談に調子を合せながらいつた。「誰も窓ガラスの状態なんか調べようともしないし、窓のへりの厚いほこりを払つて、通つたあとをわからないようにしておいたのに、誰もそれがあまりにきれいすぎることに気がつかないといつた調子で、まことにやすやすとやつてのけた……あの年の子供にしてはよほど頭をひねつて考えたのでしょうな。そんなにやさしいことでしょうか？　盗もうと思つて、ただ手をさし出せばいいのでしょうか？……とにかく、取ろうと思つて……」

「手をさし出した」

「両手を、ね」と、フロリアニは笑いながらつけ加えた。

みんなはぞつとした。この自称フロリアニの生活には、どんな秘密がかくされているのか？　六才で天才的な泥棒だつたこの山師が、今日は、ただスリルを求める好事家じみた興味からか、あるいは、せいぜい恨みをはらすために、大胆にも、おろかにも、しかも、少しのすきもない紳士として、犠牲者をその自宅に訪問するとは、何という常規をはずれた生活だろう！

　彼は立ち上り、夫人のそばへ行つて暇を告げた。夫人は尻ごみしようとしたが、やつと我慢した。彼はにやにやした。

「おや、奥さん、こわがつていますね！　してみると、わたしは下手な素人芝居をやりすぎたんですかな？」

　夫人は気をとりなおし、相手と同じような少しからかうような気のきいた返事をした。

「そんなことございませんわ。それどころか、この孝行息子のお話は、とても面白うございました。わたくしの首飾りが、そんなすばらしい運命に役だつたのは、うれしいことですわ。でも、その……女の人、アンリエットの息子は、特に生れつきそういつた性質を持つていたとはお思いになりません？」

　彼は皮肉を感じ、ひやりとしたが、答えた。

「わたしもそうだと思います。それどころか、少年がちつとも後悔しないところを見ると、よほどその素質があつたんでしようね」

「どうしてでしよう？」

「そうですよ、ご承知のように、宝石の大部分はにせものだつたのです。イギリスの宝石商から買つた二、三のダイヤモンドだけが本物で、ほかのは生活の必要から、ひとつずつ売り払つてあつたのです」

「それでもやはり女王の首飾りでしたわ」と、夫人は誇らしげに言つた。「こんなことは、アンリエットの息子なんかにはわからなかつたようでございますね」

「にせものにしろ本物にせよ、奥さん、少年は、首飾りが何よりもまず装飾品であり、看板だつてことを知つていたはずですよ」

　ドルー氏はある素振りをした。夫人がすぐにそれをとどめた。

「あなた」と、彼女は言つた。「あなたのお話のその男が、もしいくらかでも恥というものを知つていましたら……」

　彼女はフロリアニの静かなまなざしにおじけづいて、言葉をとぎらせた。

　彼はくりかえして言つた。

「もし、いくらかでも恥というものを知つていましたら？…

…」

　夫人はこんな調子で語つても、何にもならないと思つたので、誇りを傷つけられて立腹していたが、心ならずもほとんどていねいな口調でいつた。

「伝説によりますと、レトー・ド・ヴィレートは、女王の首飾りを手に入れて、そのすべてのダイヤモンドをジャンヌ・ド・ヴァロアといつしよに、ばらばらにしてしまつたときでも、その座金には手をつけなかつたとのことです。彼はダイヤモンドは装飾品、アクセサリーにすぎないが、座金は大切な作品であり、芸術家の創作であることを知つていました。それで大事にしたのです。あの男もそのことを知つていたとお思いですか？」

「座金は必ず残つていると思います。少年はそれを大切にしたでしよう」

「それでは、もしあなたがその男にお会いになるようなことがございましたら、名門の宝であり光栄である遺品を所有しているのは不正であり、たとえ宝石を引きぬいても、女王の首飾りはやはりドルー・スービーズ家のものだ、とおつしやつて下さいませ。あれは、わたしどもの名前、わたしどもの名誉と同じように、わたしどものものなのでございます」

　フロリアニは素直に答えた。

「そう申しましよう、奥さん」

　彼は夫人に一礼し、伯爵に頭を下げ、そこにいたすべての人々にあいさつをして出て行つた。

**

　四日後、ドルー夫人は居間のテーブルの上に、枢機卿の紋章入りの赤い宝石箱を見出した。彼女はそれを開いた。それは女王の囚われの首飾りだつた。

　しかし、統一と論理とを気にする人間の生活においては、すべてのものが同一の目的に従わねばならないので――また、いくらかの宣伝は決して害にはならないから――翌日の『エコー・ド・フランス』紙には、次のようなセンセーショナルな記事が出た。

《かつてドルー・スービーズ家で盗まれた有名な宝石、女王の首飾りは、アルセーヌ・ルパンにより発見された。アルセーヌ・ルパンは直ちにそれを正当な所有者に返した。この騎士道的でこまやかな心づかいは、まさに賞讃に価するものである》

ハートの7

ある疑問があつて、わたしはよく質問されたものだ。

「どうしてあなたはアルセーヌ・ルパンと知り合いになつたのですか？」

わたしが彼と知り合いであることは、誰も疑わない。わたしがこのつかみどころのない人物について知つている細かい事実、わたしの発表する反駁の余地のない事実、わたしの提出する新らしいいろいろな証拠、人々が外にあらわれた点だけ見て、内にかくされた理由や、目に見えないからくりまでつかめないでいるいくらかの行為について、わたしの与える解釈、こうしたすべてのことが、親密さとまではいえないまでも、そんなことはルパンの生き方そのものから考えれば不可能であるが、少くとも友だちづき合いや連続的な会談があるということを証明しているのである。

しかし、どうしてわたしは彼と知り合いになつたのか？わたしが彼の伝記作者となる光栄は、どこから来たのか？どうして、このわたしがそうなつて、ほかの人はならなかつたのか？

その答は簡単である。偶然だけがわたしを選んだのであつて、わたしの手柄でもなんでもない。偶然にアルセーヌ・ルパンと出つくわすことになつたのだ。わたしが彼の最も奇怪な、最も不可思議な事件のひとつにかかりあうことになつたのも偶然なら、彼が見事に演出したドラマ、わたしが物語ろうとするときいささか困惑するほど波瀾に充ちた、不可解で複雑なドラマに、自ら出演するようになつたのも、やはり偶然のなせるわざだつたのだ。

第一幕は、あの有名な六日二十二日から二十三日にかけての夜におこつた。先におことわりしておくが、わたしとしては、わたしがその時とつたかなり異常な態度は、家へ帰る途中に感じていた極めて特殊な精神状態のせいだと思う。わたしは友人たちとレストラン《ラ・カスカード》で夕食をした。そして、その夜は、ジプシーのオーケストラが憂うつなワルツを演奏しているあいだ、わたしたちはタバコをふかしながら、おそろしく陰惨な犯罪や盗みや陰謀などの話ばかりした。こんなことは、眠る前にはよくないことだ。

サン・マルタン夫妻は自動車で帰つた。ジャン・ダスプリー——この人づき合いのよいのんきなダスプリーは、半年後にモロッコの国境でとても悲惨な自殺をとげたのだが——彼は、わたしといつしよに、暗くて暑い夜道を歩いて帰つた。わたしが一年前から住んでいたヌイイーのマイヨー街にあるホテルの前に着くと、彼はわたしに言つた。

「君はこわくないかい？」

「ばかなこと言うなよ！」

「だつて、この家は一軒家だよ！　隣りもないし……空地ばかりだ……ぼくは臆病じやないが、それでも……」

「なんだつて！　君は陽気じやないか！」

「いや、何となく気がかりなんだ。サン・マルタン夫婦が強盗の話をしたんで、心配になつてきたんだよ」

彼はわたしと握手して遠ざかつていつた。わたしは鍵をとり出し、戸をあけた。

「なんだ！　いつたい」と、わたしはつぶやいた。「アントワーヌは電気をつけるのを忘れたんだな」

ところが、突然、わたしは思い出した。下男のアントワーヌは留守なんだ。わたしは彼に休暇をやつたのだつた。

すると急に、闇と沈黙とが不気味におもわれてきた。わたしは手さぐりで、大急ぎで居間まで上つて行つた。そして、いつもとは反対に、すぐドアに鍵をかけた。それから電気をつけた。

明りがつくと、わたしは冷静さをとりもどした。それでも用心して、ピストルをサックからはずして、ベッドのわきにおいた。それは口径の長い大型ピストルだつた。これだけ用心してやつと安心した。わたしは横になり、いつものように、眠るために読むことにしていた本を、ナイト・テーブルからとつた。

わたしはびつくりした。昨夜、読みかけのところにしるしとしてはさんでおいたペーパー・ナイフの代りに、一通の封書があつた。それは五ケ所に赤い封蠟がしてあつた。わたしは急いでそれを手にとつた。宛名はわたしの姓と名前が書かれており、そのわきに、

《至急》とあつた。

手紙！　わたしあての手紙！　誰がこんなところに置いたんだろう？　わたしはいささか神経質になつて、封を切つて読んだ。

《この手紙を開いた瞬間からは、どんなことが起つても、どんな音がきこえても、決して動くな、身振りひとつするな、叫ぶな。さもなければ、生命がないぞ》

わたしだつてやはり臆病者ではない。人なみに、現実の危険に身をさらすことも、想像力をおびやかす架空の危険を笑いとばすこともできる。しかし、くりかえして言うが、わたしはそのとき、異常な精神状態で、いつもより物に動じやすく、興奮していたのだ。それにまた、こんなことが起つては、どんなにしつかりした人でも、動揺するのではあるまいか？

わたしの指は、ぶるぶるふるえながら便箋をにぎつていた。目は何度も脅迫の文字を読みかえした。《身振りひとつするな……叫ぶな……さもなければ、生命がないぞ……》なんだ！　これは冗談だ、ばかげた茶番劇だ、とわたしは考えた。

わたしは笑いかかつた。しかも、大声で笑おうとさえ思つた。何がそれを邪魔したのか？　いかなる漠とした恐怖が、わたしののどをおさえつけたのか？

せめて電気を消そうとした。いや、消すことはできなかつた。《身振りひとつするな、さもなければ、生命がないぞ》と書いてあつたのだ。

しかし、はつきりわかつている事実よりもずつと強い威力を持つことがある、この種の自己暗示と闘つても何になろうか？　目をとじる以外に手はない。わたしは目をとじた。

そのとき、沈黙のなかでかすかな音がした。次に、がさがさという音。それは、わたしが書斎に使つている隣りの大広間からきこえているような気がした。あいだには、次の間が

あるだけだ。

　現実の危険が近づいたために、わたしはひどく興奮した。わたしは起き上つてピストルをとり、広間にとんで行きたいと思つた。ところが、起き上らなかつた。目の前で、左の窓のカーテンが動いたのだ。

　疑う余地はない、それは動いたのだ。まだ動いている！　そしてわたしは見た——ああ！　はつきりと見たのだ——カーテンと窓とのあいだのごく狭い空間に、ひとりの人間の姿があるのを。その厚みでカーテンがふくらんでいたのだ。

　そしてその人間もわたしを見ていた。彼はあらい布地を通して見ていたにちがいない。そこでわたしはすつかりわかつた。外の連中が盗品をはこぶあいだ、この人間はわたしを監視する役目をしているのだ。起き上ろうか？　ピストルをとろうか？　だめだ……あいつがそこにいる！　少しでも動いたり叫んだりすれば、すぐにやられてしまう。

　はげしい音が家をゆさぶつた。つづいて、ハンマーでたたくような音が二、三度つづけさまに起つた。少くとも、わたしは混乱した頭のなかでそう思つた。それから、他の音もそれにまじつた。そのさわぎから見ると、やつらは遠慮なく大つぴらに行動しているようだつた。

　やむをえないことだ。わたしはじつとしていた。卑劣だつたろうか？　いや、むしろ茫然として、手足一本動かすことすら全くできなかつたのだ。しかしそれはまた賢明でもあつた。というのは、結局のところ、闘つても何になろう？　この男の背後には、さらに十人もいて、彼が呼べば助けにやつてくるだろう。壁掛けや骨董品をいくつか救い出すために、生命の危険を冒すことがあろうか？

　この苦しみは一晩中つづいた。耐えがたい苦しみ、おそろしい苦悩！　音はやんだ。しかしわたしはそれがまたはじまるのを待ちつづけた。それに、あの男！　武器を手にして、わたしを監視している男！　わたしのおびえた目は彼から離れなかつた。わたしの心臓は高鳴り、汗が額や身体中を流れた。

　すると、突然、何ともいえない心の安らぎが訪れた。わたしがよく聞きなれている牛乳屋の車の音が大通りを通つた。同時にわたしは、明け方の光が閉まつたよろい戸のすきまからさしこみ、外の明るさが、闇にまじりはじめたように感じた。

光が室内に入つてきた。他の車も通りはじめた。夜の幽霊はすべて消え失せた。

そこでわたしは、こつそりと、ゆつくりと腕をテーブルのほうへのばした。目の前では何も動かない。わたしはカーテンのひだ、ねらいを定めるべき場所に、目をつけた。必要な手筈をちゃんとさだめ、すばやくピストルをつかんで発射した。

わたしは歓喜の叫びをあげてベッドからとび下り、カーテンのところにおどりかかつた。布地にも、窓ガラスにも穴があいていた。その男には、命中しなかつた……というのは、誰もいなかつたのである。

誰もいない！　それではわたしは一晩中カーテンのひだにだまされていたのだ！　そしてその間に、悪漢どもは……わたしは激怒して、錠前の鍵をまわしてドアを開け、広間にとびこんだ。

しかしわたしは、息をきらし、おどろいて敷居の上でぼう然として棒立ちになつた。いましがた男がいないことを知つたときより、ずつとびつくりしたのだ。何もなくなつていない。家具、絵、古ビロード、絹細工、盗まれたと思つていたものはみんな、もとの場所にある！

不可解な光景！　わたしは自分の目を疑つた。それにしても、あのさわぎ、引越しをするような物音は？　わたしは部屋の中を見廻した。壁をしらべ、よく知つている品物をひとつひとつ数えてみた。何もなくなつていない！　わたしがいちばんおどろいたのは、悪漢どもが入つた跡が全くなかつたことである。椅子ひとつ動かされてはいず、足あとひとつなかつた。

「いつたいどうしたことだ」と、わたしは頭をかかえて考えた。「まさかぼくは気が狂つたわけではあるまい！　はつきり聞えたんだが！……」

わたしは室内を入念に、くまなく調べまわつた。むだだつた、というよりむしろ……だが、こんなことが発見といえるだろうか？　床に敷いてあつた小さなペルシャ絨毯の下から、わたしは一枚のトランプのカードを拾い上げた。それはフランスでよくみかけるありふれたトランプのハートの7だつた。ただ少しおかしい点がわたしの注意をひいた。ハートの形をした七つの赤いマークの先端がみんな穴をあけられていたのである。錐のさきであけたような、丸いきちんとした穴だつた。

それだけだつた。トランプが一枚と、本にはさんであつた手紙が一通。これだけでは、わたしが夢を見たのではないという証拠になるだろうか？

⁂

わたしは一日中、サロンで調査をつづけた。それは邸のせまさにくらべ不釣合なほど広い部屋で、その装飾は、設計者の奇妙な趣味を物語つていた。床はシンメトリックな大柄の模様をえがいた、いろいろな色の小石のモザイクでできていた。壁にも羽目板代りに、同じモザイクが使われていた。ポンペイやビザンチンや中世の壁画の模倣である。バッカスが酒樽にまたがつていた。金の冠をかぶり、見事なひげを生やした皇帝が、右手に剣を持つている。

ずつと上のほうに、いささかアトリエじみているが、大きな窓がひとつだけついている。この窓は、いつもひと晩中あけてあるから、連中は梯子をつかつてそこから入つたのだろう。しかし、そこにもやはり証拠は全くなかつた。梯子の脚は、内庭のたいらな土の上に跡を残しそうなものであるが、そんな形跡はない。邸のまわりの空地の草が踏まれているはずなのに、そんな様子もなかつた。

正直なところ、わたしは警察にとどけようとは全く考えなかつた。説明しなければならない事実は、それほどとりとめなく、馬鹿げていたからである。わたしは笑いものにされるにきまつている。ところが、その翌々日は、当時わたしが寄稿していた『ジル・ブラス』紙に時評を書く日だつた。この事件のことが頭から離れなかつたので、わたしはそれを詳しく書いた。

その記事は読まれなかつたわけではないが、読者がそれをあまりまともにはうけとらず、実話というよりむしろ創作と見なしたことは明らかだつた。サン・マルタン夫妻はわたしをからかつた。しかし、こうした問題にいささか見識のあるダスプリーは、わたしをたずねてきて、事情を説明させ、研究した……だがやはり、成功しなかつた。

　ところが、それから数日たつてから、ある朝、門のベルが鳴つた。アントワーヌが、わたしに会いたいという客が来た旨を知らせた。客は名前を言わなかつた。わたしは彼を招じ入れた。

　それは四十才ぐらいの男で、髪は濃い褐色、顔つきは精力的で、着古しているがさつぱりした服装は、どちらかといえば俗つぽい態度とは対照的に、エレガントな心づかいを示していた。

　その男は単刀直入に言つた――しやがれ声で、その口調は彼の社会的地位のあまり高くないことを証していた。

「旅行中に、ある喫茶店で、『ジル・ブラス』紙が目につきましてね。あなたの記事を拝見しましたよ。興味がありました……とても」

「それはどうも」

「それでやつて来たんです」

「なるほど」

「そうです、お話しするために。お書きになつたことは全部正確ですか？」

「絶対に正確です」

「こしらえものはひとつもありませんか？」

「ひとつもありません」

「それなら、わたしはたぶんご参考になることをお話しできると思います」

「うけたまわりましょう」

「だめです」

「え？　だめですつて？」

「お話しする前に、それが正確であるかどうか確かめなくてはなりません」

「確かめるためには？」

「わたしがこの部屋に、ひとりきりでいることが必要なのです」

　わたしはおどろいて彼を見つめた。

「よくわかりませんが……」

「これはあなたのお書きになつたものを読んで考えついたことです。たまたまわたしが知つている他の事件と、いろいろな点で全くおどろくほどよく似ています。もしわたしの思いちがいでしたら、黙つているほうがいいでしょう。それを確かめる唯一の方法は、わたしがひとりきりでいることなのです……」

この申し出の裏には、何がかくれているんだろう？　あとになつて思いだしたのだが、男はこう言いながら、何か不安げな様子、心配そうな表情をしていたのだ。しかし、そのときには、わたしはいささかびつくりしたが、彼の要求を特に不自然だとは思わなかつた。それに、それはわたしの好奇心を強く刺戟したのだ！

わたしは答えた。

「よろしい。時間はどのくらいかかりますか？」

「なあに！　ほんの三分間ですよ。三分後にはお目にかかりましよう」

わたしは部屋を出た。階下で、時計をとり出した。一分間がすぎた。二分……いつたい、どうしてこんなに息がつまりそうなのか？　なぜ、この瞬間が、いつもより重大なように思われるのだろうか？

二分半……二分四十五秒……とつぜん、ピストルの音がした。

わたしは階段を大股にかけ上つて、部屋にとびこんだ。思わずわたしは恐怖の叫び声をあげた。

部屋のまんなかに、男は左側を下にして、身動きもせずに横たわつていた。頭から血が流れ、それに脳髄がはみだしてまじつていた。右手のそばには、まだ煙が出ているピストルがあつた。

男は身体をぴくぴくさせた。それだけだつた。

しかし、このおそろしい光景にもまして、何かがわたしの心をとらえた。そのため、わたしはすぐに助けを呼ぶことができなかつた。わたしは、男がまだ呼吸しているかどうかたしかめるために、かがみこむことさえできなかつた。男のすぐそばの床の上に、ハートの7があつたのである！

わたしはそれを拾い上げた。赤い七つのマークの七つの先端には、穴があいていた。

＊＊

三十分後、ヌイイーの警察署長が来た。それから検屍医、次に保安部長デュドゥーイ氏。わたしは用心して死体にさわらなかつた。検屍のさまたげになつてはいけないからだ。

検屍はすぐに終つた。最初は何も、ほとんど何も発見することはできなかつたから。死人のポケットには、何の証明書もなく、服には名前もなく、下着に頭文字もなかつた。結局、身元を明らかにする手がかりは全くなかつた。そして、室内は事件前と同じように整然としていた。家具は動かされていなかつたし、品物はもとの位置にそのままだつた。しかし、この男は、ただ自殺するためにわたしの家を訪れたのではあるまい。まさか、わたしの家が他の家よりも自殺に適していると考えたわけでもないだろう！　こんな絶望的な行為を決心したからには、何か理由があつたんだろう。そして、その理由そのものは、彼がひとりきりで過した三分間のうちに、彼が確かめた新らしい事実から生れたにちがいない。

どんな事実だろう？　彼は何を見たのか？　何が起ったのか？　どんなおそるべき秘密を見つけたのだろう？　いかなる推測も不可能だつた。しかし、最後の瞬間になつて、かなり重大な関係があるような出来事が起つた。二人の警官が、担架で運ぼうとして死体を持ち上げるために身をかがめたとき、それまでひきつつて握りしめていた左手が開き、しわくちゃの名刺が一枚出てきたのである。

その名刺には、ジョルジュ・アンデルマット、ベリー街三十七番地と書かれていた。

これは何を意味するのか？　ジョルジュ・アンデルマットは、パリの大銀行家であり、フランスの金属工業を大発展させたあの金属銀行の創立者で、また、その頭取でもあつた。彼は四頭立馬車、自動車、競馬馬を持ち、大尽暮しをしていた。とても派手な宴会をしばしば催し、アンデルマット夫人は優雅と美貌で評判だつた。

「この男の名前だろうか？」と、わたしはつぶやいた。

保安部長がのぞきこんだ。

「ちがいますよ。アンデルマット氏は顔色がわるく、頭はごま塩です」

「それなら、この名刺は？」

「電話がありますか？」

「あります。玄関です。ご案内いたしましょう」

　彼は電話帳をしらべ、ベリー局一五二一番を呼んだ。

「アンデルマットさんはご在宅ですか？　こちらはデュドゥーイですが、大至急、マイヨー大街一〇二番地においで下さるようお伝え下さい。急用なのです」

　二十分後、アンデルマット氏は自家用車から降りてきた。彼を呼んだ理由を説明し、それから死体の前に案内した。

　一瞬、彼はぎよつとして顔をしかめ、そしてまるでひとりごとのように、低い声で言つた。

「エティエンヌ・ヴァランだ」

「ご存じですか？」

「いや……ほんの少し……話したことはないが。この男の兄が……」

「兄があるのですか？」

「そう、アルフレッド・ヴァラン……いつかその兄がわたしのところへ頼みに来まして……何のことだつたか忘れましたが……」

「住所はどこでしようか？」

「兄弟は一緒に住んでいました……たしか、プロヴァンス街だと思います」

「この男の自殺について、何かお心当りがありませんか？」

「全くありません」

「しかし、この名刺を手に持つていましたが？……あなたの住所にあなたの名前ですよ！」

「さつぱりわかりませんな。まつたくの偶然でしよう。予審ではつきりするでしようが」

　いずれにしても、奇妙な偶然だ、とわたしは考えた。そして、みんながそれと同じ印象をうけたように感じた。

　その印象を、わたしは翌日の新聞のなかにも、わたしが事件を話してやつた友人たちにも見いだした。七ケ所に穴のあいたハートの7を、思いがけなくも二度も発見したあとで、二回もわたしの家を舞台とした事件のあとで、事態を紛糾させた不可思議の真最中に、ようやくこの名刺がいくらかの光を投げかけたように見えた。名刺のおかげで、真相がわかることだろう。

しかし、予想に反して、アンデルマット氏は何のヒントも与えてくれなかつた。

「わたしは知つてることを申し上げました」と、彼はくりかえした。「これ以上どうなりましょう。この名刺があそこにあつたつてことには、わたしがいちばんおどろいているのです。皆さんと同様に、この点が明らかにされることを期待しています」

この点は明らかにされなかつた。調査の結果次のことがわかつた。ヴァラン兄弟は、スイス生れで、いろいろ名前を変えて浮き沈みの多い生活を送り、あやしげな家に出入りし、警察に目をつけられていた外国人の徒党と関係をもつていたが、その徒党は、あとになつてこの兄弟も参加した一連の強盗行為の後で四散したとのことである。以前にヴァラン兄弟が実際に住んでいたプロヴァンス街二十四番地では、二人の行方をだれも知らなかつた。

正直なところ、わたしとしては、この事件はとてもこみ入つているから、解決の可能性はないと思い、これ以上もう考えないようにつとめていたところが、そのころわたしが親しくしていたジャン・ダスプリーは、日ましに熱意を示すようになつた。

フランスのすべての新聞が転載し論評したある外国新聞の記事を教えてくれたのは、彼だつた。

《将来の海戦の様相に革命的な変化をもたらすべき潜水艦の最初の実験が、近く皇帝陛下の御前において行われようとしているが、その場所は実験の時まで秘密とされている。艦名も明らかにされていないが、情報によれば「ハートの7」ということがわかつた》

ハートの7？　これは偶然の一致だろうか？　それとも、この潜水艦の名と、上述した事件との間には、関係があるのだろうか？　もしあるなら、どんな関係だろうか？　こちらの事件とあちらで起つていることとは、全く関係がないはずなのに。

「わからんものだよ」と、ダスプリーは言つた。「ひとつの原因から、とてつもない結果が生れることがよくあるからね」

翌々日、また別の記事が出た。

《近く実験が行われるはずの潜水艦「ハートの7」の設計は、フランス人技師により作られたものである。この技師たちは、同国人の支持を求めたが得られなかつたために、イギリス海軍省に依頼したが、やはり成功しなかつたもようである。もちろん真偽のほどは明らかではない》

わたしは、まだ記憶に新らしいことであるが、あれほど大きな興奮をまきおこした、きわめてデリケートな問題をどこまでも主張したいとは思わない。しかし、事態を紛糾させるおそれはもはやないから、当時大反響をおこした『エコー・ド・フランス』紙の記事について語りたい。それは、いわゆるハートの7事件に、いくらかの……ぼんやりとした光明を投げかけたのである。

以下にその記事をあげるが、それにはサルヴァトールの署名があつた。

ハートの7事件
解決のきざし見ゆ

《簡単に述べよう。六年前、ルイ・ラコンブという若い鉱山技師が、時間と財産とを挙げて研究に専念しようとして職を辞し、マイヨー街一〇二番地に、イタリヤの伯爵が新築した小邸宅を借りた。彼は、ローザンヌ出身のヴァラン兄弟の紹介により、金属銀行の創立者ジョルジュ・アンデルマット氏と関係をつけた。兄弟の一人はラコンブの研究助手をつとめ、もう一人はラコンブのための出資者を探していたのである。

ラコンブはアンデルマット氏と数回にわたつて会見したのち、氏に潜水艦建造に対する興味を持たせることに成功し、発明の完成にいたるまで、アンデルマット氏は海軍省に働きかけて一連の実験を行わせることを約束した。

ルイ・ラコンブは二年間、熱心にアンデルマット邸を訪問し、計画の進行状態を報告した。ラコンブは理想どおりの設計を完成したとき、アンデルマット氏の出馬を要請した。

その日、ルイ・ラコンブはアンデルマット邸で夕食をした。彼は夜の十一時半頃辞去したが、それ以来消息を絶った。

当時の新聞を読みかえしてみると、この青年の家族が当局に訴え、検事局が捜査したことがわかる。しかし何ら確実なことはわからなかった。一般には、夢想家で変人と見られていたルイ・ラコンブは、誰にも知らせないで旅行に出たものと信じられた。

このあやふやな……推測を、とにかく認めることにしよう。しかし、わが国にとって重大な問題がある。潜水艦の設計はどこへ行ったか、ということだ。ルイ・ラコンブがそれを持っていったのか？　破棄したのか？

われわれが慎重に調査した結果によれば、その設計は実在している。ヴァラン兄弟が握っていたのである。いかなる方法によってか？　その点はまだ不明であるし、兄弟が何故にそれを売却しようとしなかったのかもわからない。彼らは、それらを入手した手段を調べらるのを恐れたのだろうか？　いずれにせよ、その恐怖は長つづきしなかった。われわれは絶対に断言できる。ルイ・ラコンブの設計は、外国の所有に帰した、と。われわれはこの点に関し、ヴァラン兄弟とその外国の代表とのあいだに取りかわされた書簡を公表する用意がある。現在、ルイ・ラコンブが考案した「ハートの7」は、隣国の手により完成されている。

現実は、この売敵行為に加担した人たちの楽観的な予想に合致するだろうか？　われわれはその反対を予測すべき理由を持っている。事態はその予測を裏切らないと信じている》

そして、追記が加えられていた。

《最新のニュース――われわれの予測は正確だつた。特別情報によれば、「ハートの7」の実験は成功しなかつたもようである。おそらく、ヴァラン兄弟が売つた設計図には、ルイ・ラコンブが消息を絶つた晩にアンデルマット氏に手渡した最後の資料が欠けていたのであろう。それは計画の全体を理解するに必要欠くべからざる資料であり、他の書類に書いてある最終的な結論、見積り、測定等の要約のようなものだつたにちがいない。この資料がなければ、設計は不完全であり、また設計がなければ、この資料は無益である。

それ故に、今からでも行動を起して、われわれのものを取りもどすべきである。この極めて困難な仕事のために、われわれはアンデルマット氏の助力を大いに期待している。彼は事件の発端以来の不可解な行動を説明すべきであろう。彼は、エティエンヌ・ヴァランが自殺したときに知つていたことを、何故に語らなかつたかということだけではなく、書類がなくなつたのを知つていながら、何故に発表しなかつたかをも語るべきである。六年前から、何故にヴァラン兄弟を、自分でやとつた探偵たちに監視させているかを語るべきである。

われわれは彼に対して、言葉ではなく行為を期待している。さもなければ……》

手きびしい脅迫だつた。しかし、これにはどんな根拠があつたのか？　この記事の……匿名の筆者サルヴァトールは、アンデルマット氏に対して、どんな威嚇の手段をもつていたのか？

新聞記者の群れが、この銀行家のところへ押しかけた。そして、十ほどもの会見記が、アンデルマット氏はこの警告に対し軽蔑をもつてこたえたと報道した。それに対して、『エコー・ド・フランス』紙の記者は、次の二行の記事で反駁した。

《アンデルマット氏が欲すると否とにかかわらず、今後、彼はわれわれの開始する事業の協力者である》

***

　この反駁文の出た日、ダスプリーとわたしは一緒に夕食をした。その晩、テーブルの上に新聞をひろげて、わたしたちは事件について議論し、闇のなかをどこまでも歩きつづけるとき、いつも同じ障害にぶつかる人が感ずるようないらだたしさでもつて、その事件をあらゆる角度から検討した。

　すると、とつぜん、召使いが知らせないのに、ベルも鳴らないのに、ドアが開き、厚いヴェールをまとつた婦人が入つてきた。

　わたしはすぐに立ち上つて、進み出た。女はわたしに言つた。

「ここにお住いなのは、あなたでいらつしやいますか？」

「そうです。しかしまたどうして……」

「通りの門があいておりましたので……」と、彼女はいいわけを言つた。

「だが、玄関のドアは？」

　彼女は返事しなかつた。それでわたしは、彼女が裏の階段から入つてきたにちがいないと思つた。すると、彼女は、この家の勝手を知つているのかな？

　いささかぎこちない沈黙がつづいた。女はダスプリーを見つめた。そこでわたしは、まるで社交界でするみたいに、思わず彼を紹介してしまつた。それから、彼女に席をすすめ、訪問の要件をたずねた。

　彼女はヴェールをぬいだ。褐色の髪、ととのつた顔立ち、特に美人というわけではないが、少くとも目だけには何ともいえない魅力がある。きまじめで、悲しげな目だ。

　彼女はさりげなく言つた。

「わたし、アンデルマット夫人でございます」

「アンデルマット夫人！」と、わたしはますますおどろいて、その言葉をくりかえした。

　またもや沈黙。彼女は落ちついた声と、とてもしずかな様子で、つづけた。

「あの……ご存じの事件のことで参りましたの。こちらへうかがえば、何かお教えねがえると思いまして……」

「いや、奥様、わたしは新聞に出てること以外は何も知りません。どんなことをお知りになりたいのか、はつきり申して下さい」

「わかりません……わかりません……」

そのときはじめて、わたしは彼女の冷静さがうわべだけのもので、とりすました様子の裏には、大きな悩みがかくされていることに気がついた。そしてわたしたちは、みんなぎごちなく黙りこんでしまつた。

しかし、それまでじつと観察していたダスプリーは、彼女のそばに近づいて、言つた。

「奥さん、少し質問したいことがあるんですが」

「はい」と、彼女は答えた。「おつしやつて下さい」

「どんな質問にでも……お答え下さいますか？」

「どんなことでも」

彼はしばらく考えてから、たずねた。

「ルイ・ラコンブをご存じですか？」

「はい、主人を通じて知つております」

「最後にお会いになつたのはいつですか？」

「わたしの家で夕食をなさつた晩です」

「その晩、これでもう会えないというような素振りはありませんでしたか？」

「いいえ。ロシヤへ旅行なさるようなお話でしたが、はつきりしませんでした」

「では、またお会いになるおつもりでしたね？」

「翌々日に夕食をすることになつていました」

「この失踪をどうお考えになりますか？」

「まつたくわかりません」

「では、ご主人は？」

「主人のことは知りません」

「しかし……」

「そのことはおききにならないで下さい」

「エコー・ド・フランスの記事によりますと……」

「ヴァラン兄弟がこの失踪に関係があるらしゆうございますね」

「それはあなたのご意見ですか？」

「はい」

「どういう証拠から？」

「ルイ・ラコンブは、わたしのところを出るとき、あの計画に関係のある全書類を入れた鞄を持つておりました。それから二日して、主人とヴァラン――いま生きているほうのですわ――とが会いましたが、そのとき主人は、あの書類がヴァラン兄弟の手に入つていることをたしかめたのです」

「それで、ご主人は告発なさらなかつたのですね？」

「はい」

「どうして？」

「なぜなら、鞄のなかに、ルイ・ラコンブの書類以外のものがあつたからですわ」

「それは何ですか？」

　彼女はためらい、答えようとしたが、とうとう口をつぐんでしまつた。ダスプリーはつづけた。

「それでご主人は、警察に知らせないで、二人の兄弟を監視させたのですね。ご主人は、書類とその物とを同時にとりもどそうとお考えになつた……兄弟はその物をたねにして、ご主人を恐喝しようとしたんですね」

「主人ばかりでなく……わたくしも」

「え！　あなたもですか？」

「主にわたくしをですわ」

　彼女はその言葉を重くるしい声で発音した。ダスプリーは彼女を見つめ、少し歩きまわつてから、彼女のところへもどり、

「ルイ・ラコンブにお手紙をお出しになりましたか？」

「出しました……主人の方の関係で……」

「正式の手紙の外、ルイ・ラコンブに……別の手紙をお書きになりませんでしたか？　くどいようですが、真相をすつかり知る必要があるんです。別の手紙をお出しになりましたか？」

　彼女は真赤になつて、つぶやくようにいつた。

「はい」

「それで、その手紙を、ヴァラン兄弟が持つているのですね」

「はい」

「では、ご主人も、そのことをご存じなのですね？」

「主人は手紙を見てはおりませんが、アルフレッド・ヴァランがそのことをたねに、彼に不利なことをしたら手紙を発表すると脅迫したのです。主人はこわがりました……スキャンダルをおそれたのです」

「では、ご主人はその手紙をとりもどすために、努力をなさつたわけですね」

「努力いたしました……少くとも、わたしはそう思つています。なぜなら、アルフレッド・ヴァランと最後に会つて、そのことを乱暴な言葉でわたくしに話してからは、主人はもうわたくしにやさしくしてくれませんし、わたしを信用してくれません。わたしたちは、他人のようにくらしているのです」

「それでは、こうなつたからは、何もおそれることはないじやありませんか?」

「どんなに冷たくされましても、わたしは主人に愛された女、これからでも愛されることのできる女でございますわ」と、彼女は熱つぽい声でつぶやいた。「ええ、それはたしかですわ。もしあの呪われた手紙さえなかつたら、わたしを今でも愛していたことでしょう……」

「何ですつて! ご主人は成功しそうなものですが……兄弟は挑戦してるんですか?」

「はい、しかも、確実な隠し場所のあることを自慢しているようですわ」

「それで?」

「主人はその隠し場所を見つけたらしいんですの」

「それはいつたい、どこなんですか?」

「こちらですわ」

わたしは飛び上つた。

「ここですつて!」

「はい、わたしは以前からそうだと思つていました。ルイ・ラコンブは、とても器用で、機械が大好きで、暇なときには、箱や錠前をつくつては楽しんでいました。ヴァラン兄弟は、手紙や……ほかの物をかくす場所を見つけて、後で利用したにちがいありません」

「でも、彼らはここには住んではいませんでしたよ」と、わたしは叫んだ。

「四ケ月前に、あなたが引越していらつしやるまで、この家は空家だつたのです。それで、二人は何度もここへやつてきたらしいのです。それに、彼らは、書類をのこらず取りもどす必要のある日には、あなたがいらつしやつてもさしつかえないと考えたのでしよう。しかし、彼らは主人のことを考えに入れなかつたのです。主人は、六月二十二日から二十三日にかけての夜、箱をこじあけて……探していたものをとり出し、もう何もおそれるものはない、形勢は逆転したということを兄弟に示すために、自分の名刺を残しておいたのです。それから二日後、エティエンヌ・ヴァランは、『ジル・ブラス』紙の記事を見て、大急ぎでお宅へまいり、このサロンに一人きりで残つて、箱が空なのを見て自殺したのです」

しばらくして、ダスプリーがたずねた。

「それは単なる想像でしようね？　ご主人はあなたに何もおつしやらなかつたのでしような？」

「何も申しません」

「あなたに対するご主人の態度は変りましたか？　元気がなくて、心配そうに見えませんでしたか？」

「はい」

「それであなたは、ご主人が手紙を見つけたからだとお考えになつている！　わたしの考えでは、ご主人は手紙を手に入れてはいませんよ。ここへ入つたのは、ご主人ではないと、わたしは思います」

「それなら、誰でしようか？」

「この事件をあやつつている不可解な人物です。あんまり複雑なのでわたしたちにははつきりわからない目的のほうへ事件を引つぱつている、不可解な人物、はじめからオールマイティーとわかつている不思議な人物です。六月二十二日にこの家へ侵入したのは、彼とその一味です。隠し所を発見したのも、アンデルマットさんの名刺を残して行つたのも、ヴァラン兄弟の手紙と裏切りの証拠とを握つたのも、彼なのです」

「誰だね、彼というのは？」と、わたしはじれつたくなつて口をはさんだ。

「『エコー・ド・フランス』紙の記者さ。あのサルヴァトールだよ！　わかりきつたことじやないかね？　あいつは記事のなかで、兄弟の秘密を知つている人間にしかわからないような事実を書いているじやないか」

「それでは」と、アンデルマット夫人は恐ろしそうに口ごもりながら言つた。「わたくしの手紙も持つていますのね。そして、今度は彼が主人を脅迫する！　ああ、どうしましょう！」

「彼に手紙を書くんですね」と、ダスプリーはきつぱりと言つた。「何もかくさないで打ちあけるのです。あなたが知つていることも、知りたいことも、みんな話すことですよ」

「そんなこと！」

「あなたの利益は彼の利益と同じものです。彼が二人の兄弟のうちの生き残りを相手に闘つていることは、疑う余地がありません。彼が武器を向けているのは、アンデルマットさんではなくて、アルフレッド・ヴァランなのです。彼を助けてあげなさい」

「どういうふうにして？」

「ご主人は、ルイ・ラコンブの設計を補足して実用化させうる資料をお持ちですか？」

「持つています」

「そのことを、サルヴァトールに知らせなさい。必要でしたら、その資料を彼に渡しなさい。要するに、彼と連絡をとることです。何も心配なさることはないでしょう？」

　この助言は大胆で、一見したところ危険のようにさえ思われた。しかし、アンデルマット夫人は、ためらつているときではなかつた。それに、ダスプリーが言つたように、何を心配することがあろうか？　その男が敵だつたとしても、それによつて事態が悪化するわけではない。何かほかの目的を求めている無関係の男だつたら、そんな手紙なんかほとんど問題にしないだろう。

　いずれにしても、それはひとつの思いつきだつた。そこで思いなやんでいたアンデルマット夫人は、よろこんでその考えにとびついたのである。彼女はわたしたちに心からお礼をのべ、これからも連絡する旨を約束した。

　事実、その翌々日、彼女は次のような返事を受取つたといつて送つてきた。

《手紙はありませんでした。しかし、きつと手に入れますから、ご安心下さい。手ぬかりはありません。S》

わたしはその手紙を手にとつて見た。それは、六月二十二日の晩、わたしの枕もとの本にはさんであつた手紙のと同じ筆跡だつた。

ダスプリーの言つたように、サルヴァトールはまさしくこの事件の陰の演出者だつたのだ。

事実、わたしたちは周囲の闇のなかに、いくらかの光明をみとめはじめた。また、若干の点は意想外の真相を示したのだつた。しかし、その他の点は、ハートの7の発見と同じように、いぜんとして不明のままであつた。わたしとしては、いつもあの二枚のトランプのことが気にかかつていた。あれほど異常な情況のもとで、穴のあいた七つの小さなハートを見たのだから、なおさらのことだ。あのトランプは、この事件でどんな役割を果しているのだろうか？　どんな意味があるのか？　ルイ・ラコンブの設計にもとづいて建造された潜水艦が、「ハートの7」という名を持つている事実から、どんな結論を引きだしたらいいのか？

ダスプリーのほうは、二枚のトランプなどはほとんど問題にせず、他の問題を解決するのが急務であると考えていた。彼はあの隠し場所を懸命に探しているのである。

「サルヴァトールが……おそらくうつかりしていて見つけそこなつた手紙を、もしかしたらぼくが発見するかもしれないからね。ヴァラン兄弟が、絶対に見つからないと信じていた場所から、手紙を持ち去つたとは考えられないよ」と、彼は言つた。

そして彼は探しつづけた。広間はもうすつかり調べてしまつたので、彼は家のなかのすべての部屋まで調査の手を拡げた。内部も外部も探究した。壁の石や煉瓦も検査した。屋根がわらまではがして調べた。

ある日、彼はつるはしとシャヴェルを持つてやつて来た。そして、わたしにシャヴェルを渡し、自分はつるはしを持つて、空地を指さしながら、

「あそこへ行こう」

わたしはしぶしぶついて行つた。彼は空地をいくつかに区

切り、ひとつひとつ調べていつた。しかし、ある片隅で、隣りの二軒の塀の角になつているところに、いばらや雑草でおおわれた切石と小石の山があるのに目をつけた。彼はそれを掘りかえした。

わたしも手伝わなければならなかつた。一時間もの間、太陽に照らされながら努力したが、無駄だつた。ところが、石をとりのけて、地面が出てきたので、それを掘りはじめた。すると、ダスプリーのつるはしが骨を掘りあてた。それは、まだ服のぼろ布がまわりに残つている骸骨だつた。

急に、わたしは顔色が蒼ざめるように感じた。土のなかに、長方形の小さな鉄板が見えたのである。それには赤い汚点がついているようだつた。わたしはかがみこんだ。たしかにそうだつた。鉄板はトランプぐらいの大きさで、赤い汚点はところどころ錆びているが、鉛丹の赤で、数は七つある。ハートの7と同じ形が七つ、それぞれの端には穴があいている。

「ねえ、ダスプリー、ぼくはもうこんなことはいやだよ。興味があるんなら、君だけでやりたまえ。おつきあいはごめんだよ」

興奮していたのか？　とても暑い太陽の下で働いたので疲れたのか？　とにかく、わたしはふらふらになつて帰り、寝床に横になつて、二日二晩、熱に浮かされていた。夢のなかで、骸骨がいくつも踊りくるい、血だらけのハートを頭にぶつけ合つていた。

ダスプリーは親切だつた。毎日、彼は三、四時間もわたしを見舞つてくれた。もちろん、そのあいだに、広間の隅々を探しまわつていたのであるが。

「手紙はあの部屋にある」と彼は、時どきわたしのところへ来ては、言うのだつた。「首をかけてもいいよ」

「ほつといてくれよ」と、わたしは気味がわるくなつて答えた。

三日目の朝、わたしはまだ少しふらふらしたが、気分がよくなつたので起きた。栄養のある昼食をとつて、元気をつけた。しかし、五時ごろ受取つた速達が、何よりもわたしの回復に役立つた。わたしの好奇心が、またしてもかき立てられたのである。
速達の文面は次の通りだつた。

《拝啓

六月二十二日から二十三日にかけての夜、第一幕が演ぜられたドラマは大団円に近づきつつあります。事態を進展させるために、小生はこのドラマの主役の二人を対決させることにいたしました。この対決はお宅で行われますので、今夜お宅をお借し下されば幸いと思います。九時から十一時まで、下男を外出させ、貴下ご自身も主役たちを自由に行動させて下さるようにお願いいたします。六月二十二日から二十三日にかけての夜、貴下は小生が貴下の所有物を充分に尊重することをすでにお認めになつたと思います。小生といたしましても、貴下が小生に関して、絶対に秘密を守られることを一瞬たりとも疑うのは、貴下に対する冒瀆であると信じております。

貴下の忠実なる

サルヴァトール》

この手紙には、いんぎんで皮肉な調子があり、そこに書かれてある要求は、まつたくすばらしい思いつきであることをわたしはおもしろいと思つた。これは気のきいた無作法さであり、発信人はわたしが同意することを確信してるみたいだ！　どんなことがあつても、わたしは彼を失望させたり、彼の信頼を裏切るようなことはしないだろう。

八時になると、わたしは下男に芝居の入場券をやつて外出させた。そのとき、ダスプリーがやつてきた。わたしは速達を見せた。

「それで？」と、彼は言つた。

「それでだつて！　ぼくは門をあけて、入れるようにしておくよ」

「そして君は外へ出るのかね？」

「決して出るものか！」

「だつて、その要求は……」

「秘密を守ることだよ。ぼくは秘密は守るよ。しかし、何が起るのかとても見ていたいんだ」

ダスプリーは笑いだした。

「なるほど、もつともなことだ。ぼくが残ろう。退屈しないと思うよ」

ベルの音が彼の言葉をさえぎつた。

「もう来たのか？」と、彼は呟やいた。「二十分も早いよ！　そんな筈はない」

わたしは玄関の綱を引いて、門をあけた。女の影が庭を横切つた。アンデルマット夫人だ。

彼女は取りみだしているようだつた。息をはずませながら彼女はつぶやいた。

「主人が……参ります……約束があるのです……手紙を渡してもらうのです……」

「どうしてご存じですか？」と、わたしはたずねた。

「偶然です。夕食のときに、主人に知らせがあつたのです」

「速達ですか？」

「電報でした。下男が、まちがえてわたしのところへ持つて来たのです。すぐに主人が取り上げましたが、おそすぎました……わたしは読んでしまつたのです」

「お読みになつた……」

「だいたいこうでした。《コンヤ九ジ、ジケンノショルイヲモッテ、マイヨー街ニコイ。カワリニテガミヲワタス》夕食後、わたしは自分の部屋にもどつてから、ぬけ出して参りました」

「ご主人に知らせないで？」

「はい」

ダスプリーはわたしを見つめた。

「どう考えるかね？」

「君と同じように、アンデルマット氏は呼び出された相手の一人だよ」

「誰に？　何のために？」

「それは今にわかるよ」

わたしは彼らを広間に案内した。

わたしたちは、どうにか三人で暖炉のなかに入つて、ビロードの壁布のうしろにかくれることができた。そこに腰をすえた。幕のすき間から、広間の全体が見えた。

九時が鳴つた。数分後、庭の門の開く音がきこえた。

実をいえば、わたしは何だか胸苦しくなり、また熱が出るような気がした。謎を解く鍵がわかるのだ！　数週間前から展開されている難事件が、ついに真の姿を現わそうとしている。しかも、わたしの目の前で闘いが行われるのだ。

　ダスプリーはアンデルマット夫人の手をつかんで、ささやいた。

「決して動いてはいけませんよ！　何を聞いても、何を見ても、じっとしているのです」

　誰かが入ってきた。そしてわたしはすぐにわかった。エティエンヌ・ヴァランとよく似ているから、兄弟のアルフレッドだ。鈍重そうな態度も、ひげにおおわれた土色の顔も、そっくりだ。

　彼は、いつもまわりに落し穴がないかとおそれ、用心している人間のように、おちつかない様子で入って来た。彼は一目で部屋の中を見まわした。ビロードの幕でおおわれたこの暖炉が気にかかるらしかった。彼はわたしたちの方へ三歩ほど歩きはじめたが、もっと大切なことを思い出したように、壁の方へ斜に進み、光る剣を持ち、ひげをはやしたモザイクの老王の前で立ちどまり、椅子の上にのって、それをしげしげと見つめ、肩や顔の輪かくを指でたどり、絵のところどころをかるくさわった。

　しかし、突然、彼は椅子からとび下り、壁からはなれた。足音がきこえてきた。敷居の上にアンデルマット氏が姿を現わした。

　銀行家はおどろきの叫びをあげた。

「君か！　君か！　わたしを呼んだのは君なのか？」

「おれが？　とんでもない」とヴァランは、弟と同じしわがれ声で言った。「あんたの手紙で来たんだよ」

「わたしの手紙！」

「あんたの署名した手紙が、ここへ来るように……」

「手紙なんか書かなかったよ」

「書かなかったんだって！」

　ヴァランは本能的に警戒するような素振りを見せた。銀行家に対してではなく、このわなに呼びよせた未知の敵に対して。彼の目はもう一度わたしたちの方を見た。それから、彼はいそいでドアの方へ向った。

アンデルマット氏は道をふさいだ。

「何をするんだ、ヴァラン？」

「どうも気にくわぬことがある。おれは帰るよ。さよなら」

「ちよつと待て！」

「なんだ、アンデルマットのだんな。くどいよ。おれたちは何も話なんかないよ」

「話したいことはいつぱいあるよ、それに、ちようどいい機会だから……」

「通してくれ」

「いやいや、だめだ。通さんぞ」

　ヴァランは、銀行家の断乎とした態度におそれをなして、後もどりして、ぶつぶつ言つた。

「そんなら、早くしてくれ。きりをつけよう！」

　わたしは意外に思つた。この二人は、それぞれあてがはずれたようだつた。どうして、サルヴァトールは来ないんだろう？　彼は初めから来ないつもりだつたんだろうか？　銀行家とヴァランだけを対決させればいいと考えたのだろうか？

わたしはとても妙な気がした。彼がいないことのために、彼が計画したこの決闘は、厳しい運命によつて支配される事件の持つ悲劇的な様相を帯びるにいたつた。そして、この二人を対決させた力は、彼らの外部にあつただけに、それだけいつそう不気味だつた。

　やがて、アンデルマット氏はヴァランのそばに近より、正面からにらみつけて、

「もう何年もたつて、何も心配することはないんだから、正直に返事しろよ、ヴァラン。ルイ・ラコンブをどうしたんだ？」

「何を言うんだ！　あいつがどうなつたか、おれは知らないよ！」

「知つている！　知つてるんだ！　おまえたち兄弟は、彼をつけまわしていたんだ。この家で、まるで同居も同然だつたではないか。おまえたちは、あの男の仕事のことも、計画のことも、みんな知つていたんだ。そして最後の晩、わしがルイ・ラコンブを門まで送つて行つたとき、二つの影が闇にかくれるのを見たんだぞ。これは決してまちがいないことだ」

「で、それがどうしたんだ？」

「おまえたち兄弟だよ、ヴァラン」

「証拠があるかい？」

「何よりの証拠は、二日後、おまえたちがラコンブの鞄からとつた書類を見せ、わたしに売りつけようとしたことだ。どうしてあの書類を手に入れたんだ？」

「前にも言つたように、ルイ・ラコンブが姿を消した次の日の朝、ラコンブのテーブルの上で見つけたんだよ」

「それはうそだ」

「証拠は？」

「当局がやがて証拠をあげることだろう」

「なぜ、当局へ訴えなかつたんだい？」

「なぜつて？　ああ、なぜつて……」

　彼は顔をくもらせて黙りこんだ。相手はつづけた。

「そらみろ、アンデルマットのだんな、ほんの少しでも証拠があつたら、おれたちがあれつぽつちの脅しをしたからといつて、何も……」

「どんな脅しだ？　あの手紙か？　あんなこと、わたしが少しでも信用したと思うのか？」

「あの手紙を信用しなかつたんなら、どうしてあれを取りもどそうとして、いろいろうまいことを申し出たんだい？　それから後で、おれたち兄弟を、どうしてけものみたいに追い廻したんだい？」

「あの設計図をとりもどすためだ」

「そうじゃないよ！　手紙のためさ。手紙をとりかえしたら、おれたちを訴えるつもりだつたんだろう。何度あぶないめにあつたかしれないよ！」

　ヴァランは大笑いしたが、いきなり笑うのを止めて、

「だが、もうたくさんだ。おんなじことをいくらくりかえしたつて、どうにもならない。だから、もうやめよう」

「やめないぞ」と銀行家が言つた。「手紙のことを話したからには、それを返さないうちは、帰さないぞ」

「帰るよ」

「だめだ」

「ねえ、アンデルマットのだんな、悪いことはいわねえから……」

「帰さないぞ」

「それなら、見てろよ」と、ヴァランはすごい口調で言つたので、アンデルマット夫人はかすかな叫び声をあげた。

ヴァランはその叫び声を聞いたにちがいない。彼はあわてて無理に帰ろうとした。アンデルマット氏は彼を乱暴に押しかえした。するとヴァランが片手を上着のポケットにつっこむのが見えた。

「最後だぞ！」

「まず手紙だ」

ヴァランはピストルをとりだし、アンデルマット氏にねらいを定めながら、

「ウィかノンか？」

銀行家は、急いで身をかがめた。

銃声が鳴りひびいた。ピストルが落ちた。

わたしはびつくりした。ピストルの音は、わたしのわきでしたのだ。アルフレッド・ヴァランの手から武器をたたきおとしたのは、ダスプリーの一撃だつたのだ！

そして彼は、すばやく二人の間にわりこみ、ヴァランに向つて冷笑した。

「運がよかつたぞ、兄《あん》ちやん、大吉だよ。ぼくがねらつたのは手だつたが、あたつたのはピストルだ」

二人ともあつけにとられてダスプリーを見つめていた。ダスプリーは銀行家に言つた。

「いらぬところへ顔出ししまして、失礼いたしました。でも、あなたはとても下手な演技をしましたな。トランプを貸して下さい」

ヴァランの方を向いて、

「さあ、二人でやろう。いんちきなしだ。ハートがオールマイティー、ぼくは7に賭けるよ」

これだけ言うと、彼は相手の顔に、七つのハートがついている鉄板をたたきつけた。

わたしはこんな大混乱を見たことがない。男は、蒼ざめ、目を大きくあけ、苦しみに顔をゆがめて、この状態にあつけにとられたようにみえた。

「おまえは誰だ？」と、彼はつぶやいた。

「いま言つたろう、いらぬところに顔出した人間だつて……だが、顔出ししたからにや、とことんまでやるぜ」

「何がほしいんだ？」

「おまえが持つてきたもの全部だ」

「何も持つて来ないよ」

「いや、持たなければ、来ないはずだよ。今朝、書類をみんな持つて、九時にここへ来るように言われたんだろう。そこで、ここへ来たんだ。書類はどこにある？」

　ダスプリーの声のなかには、彼の態度には、おどろくほどの威厳があつた。いつもは、どちらかといえばおだやかでのん気なこの男とは、うつてかわつたやりかただつた。ヴァランは、すつかりのまれた形で、ポケットを指さした。

「書類はここにある」

「全部か？」

「そうだ」

「ルイ・ラコンブの鞄から取つて、フォン・リーベン少佐に売つたもの全部か？」

「そうだ」

「写しか、原本か？」

「原本だ」

「いくらほしい？」

「十万」

　ダスプリーはふきだした。

「ばかやろう。少佐は二万しかくれなかつた。二万は捨てたようなものさ。試験は失敗したからな」

「設計図の使い方がわからなかつたんだ」

「設計図が完全じやないんだ」

「そんなら、なぜ欲しいんだ？」

「必要なんだ。五千フランやろう。それ以上はだめだ」

「一万。一文も引かんぞ」

「よし」

　ダスプリーはアンデルマット氏のところへもどつた。

「小切手を書いて下さい」

「しかし……持つていないので……」

「小切手帳？　ここにありますよ」

　アンデルマット氏はおどろいて、ダスプリーがさし出した小切手帳にさわつた。

「たしかにわたしのだ……どうしたんだろう？」

「どうか、むだなことはおつしやらないで下さい。署名だけでいいですよ」

銀行家は万年筆をとり出して署名した。ヴァランが手を出した。

「ひつこめろ」と、ダスプリーは言つた。「まだすんでないぞ」

そして、銀行家に向つて、

「まだ手紙のことがありましたね？」

「ええ、手紙の束が」

「どこにある、ヴァラン？」

「持つてない」

「どこにあるんだ？」

「知らない。弟が持つてたんだ」

「ここに、この部屋にかくしてある」

「それなら、知つてるだろう？」

「知るもんか！」

「なんだ、隠し場所へ来たのはおまえじやないか？ おまえは……サルヴァトールと同じくらいよく知つてるらしいな」

「手紙は隠し場所にはない」

「ある」

「あけてみろ」

ヴァランは警戒するような目つきをした。ダスプリーとサルヴァトールは、もしかすると同一人ではあるまいか？ もしそうなら、隠し場所はもう知れているんだから、仕方がない。そうでなければ、見せられない……

「あけろ」と、ダスプリーはくりかえした。

「ハートの7がない」

「ある。これだ」とダスプリーは、例の鉄板をさしだして言つた。

ヴァランはおじけづいて、尻ごみした。

「いや……いや……おれには……」

「かまうもんか……」

ダスプリーは、白いひげをつけた老王の方へ行き、椅子の上にのり、ハートの7を剣の下のつばのところに、へりが剣の幅にぴつたり合うように当てた。それから、七つのハートの先端にあいている七つの穴に、錐を次々にさしこんで、モザイクの七つの少さな石を上から押した。七つ目の石を押すと、がらがらという音がして、王の上半身が回転し、光り輝く鋼鉄の棚が二段ある、鉄板を張つた金庫の大きなふたが開いた。

「ほら、どうだ、ヴァラン、箱は空だ」

「なるほど……では、弟が手紙を持ち出したんだろう」

ダスプリーは男のところへもどつて、言つた。

「しらばつくれるな。別の隠し場所があるんだ。どこだ？」

「ないよ」

「金がほしいのか？　いくらだ？」

「一万」

「アンデルマットさん、この手紙はあなたには一万フランの価値がありますか？」

「あります」と銀行家は、しつかりした声で言つた。

ヴァランは金庫を閉じ、面白くなさそうな表情でハートの7をとり、それを前と同じ場所の剣のつばにあてた。彼はハートの七つの先端を次々と押した。またもや、がらがらと音がしたが、今度は、意外にも、回転したのは金庫の一部分だけで、大きい金庫の厚い扉のなかにあつた小さい金庫があいたのだ。

手紙の束は、細紐でゆわえて、そこにかくされてあつた。ヴァランはそれをダスプリーに渡した。ダスプリーがたずねた。

「小切手はいいですね、アンデルマットさん？」

「いいです」

「それから、ルイ・ラコンブからとつた、潜水艦の設計の付録である最後の資料を持つていますね」

「持つています」

交換がおこなわれた。ダスプリーはその資料と小切手をポケットに入れ、手紙の束をアンデルマット氏にさし出した。

「ほら、お望みの品物ですよ」

銀行家は、あれほど熱心に探していたこの呪われた手紙に手をふれるのを恐れるかのように、一瞬ためらつた。それから、いらいらした素振りで受取つた。

わたしのそばで、ため息がきこえた。わたしはアンデルマット夫人の手をにぎつた。それは氷のように冷たかつた。

それからダスプリーは銀行家に言つた。

「これで話は終つたようですな。いや、お礼にはおよびません。ほんの偶然に、お役に立つたまでのことです」

アンデルマット氏は立ち去つた。彼はルイ・ラコンブにあてた妻の手紙を持つていつたのである。

「すばらしい」と、ダスプリーは大喜びで叫んだ。「みんなうまく片づいた。あとはこちらの用件をすますだけだ。君、書類は持つているかい？」

「みんなある」

ダスプリーはその書類をくわしく調べ、ポケットにしまつた。

「よろしい。君は約束を守つたね」

「だが……」

「だが、何だい？」

「二枚の小切手は？……金は？」

「おい！　たいした度胸だな、兄《あん》ちゃん。金をよこせつていうのかい！」

「おれのものをくれつていうんだ」

「おまえが盗んだ書類に、金を払わなきゃならないのかい？」

しかし男は必死だつた。彼は目を血走らせ、怒りに身をふるわせた。

「金……二万……」と、彼はどもりながら言つた。

「だめだ……おれがいるんだ」

「金！……」

「おい、おちつけよ。ドスはしまつておけ」

彼は男の腕を強くつかまえたので、男は痛さに悲鳴をあげた。ダスプリーは言つた。

「出て行け。頭をひやしてこい。つれてつてもらいたいか？空地へ行つて、小石の山を見せてやろう。その下には……」

「ちがう！　ちがうよ！」

「ちがやしないよ。このハートの7の鉄板は、あそこから出たんだ。ルイ・ラコンブが肌身からはなさずに持つていたんだぞ。おぼえているだろう？　おまえたち兄弟が、死骸といつしよに埋めておいたんだ……ほかにもいろんなものがあるが、警察が見つけたらよろこぶものばかりだ」

　ヴァランは拳を握つて顔をかくした。それから、彼は言つた。

「よし。おれの負だ。もう何も言うまい。だが、もう一言……一つだけ知りたい……」

「聞こう」

「この大きい方の金庫のなかに、小箱があつたろう？」

「あつた」

「六月二十二日から二十三日にかけての夜、ここへ来たときもあつたか？」

「あつた」

「なかには？」

「ヴァラン兄弟が入れておいたもの全部だ。兄弟があちこちで手に入れた、ダイヤモンドや真珠など、かなりの宝石類だよ」

「それを取つたな？」

「はは！　おれの立場になつてみろよ」

「では……小箱がなくなつているのを見て、弟は自殺したのだな？」

「そうだろう。フォン・リーベン少佐の手紙がなくなつただけでは、自殺なんかしなかつたろうよ。しかし、小箱がなくちや……聞きたいのは、それだけか？」

「まだある、あんたの名前は？」

「仕返しをするつもりかい？」

「そうだ！　運がむいてきたらな。今日のところはあんたの勝だ。明日は……」

「おまえの番か」

「そうありたいんだ。名前は？」

「アルセーヌ・ルパン」

「アルセーヌ・ルパン！」

　男は、まるで棍棒でぶんなぐられたかのように、よろめいた。この一言で、あらゆる希望が奪いとられたかのようだつた。ダスプリーは笑いだした。

「おい！　おまえは、きんじよそこらの野郎がこんな芝居を打てると思つていたのか？　少くとも、アルセーヌ・ルパンぐらいじやなくては、やれないことだぜ。さあ、兄ちやん、わかつたら仕返しの用意でもしろよ。アルセーヌ・ルパンは待つてるぜ」

そして彼は、もう何も言わないで、男を外へ押し出した。

＊＊＊

「ダスプリー、ダスプリー！」と、わたしは思わず昔の名前で彼を呼んだ。

わたしはビロードの幕をかきわけた。

彼はかけつけてきた。

「何だ？　どうしたんだ？」

「アンデルマット夫人が苦しんでいる」

彼はいそいで気つけ薬をかがせ、手当をしながら、わたしにたずねた。

「いつたい、どうしたんだい？」

「手紙だ」と、わたしは言つた。「君が、ルイ・ラコンブの手紙をアンデルマット氏に渡したからだよ！」

彼はひたいをたたいた。

「ぼくがそうしたんだと思つたんだな……そうだ、やつぱり、そう思うわけだよ。ばかなことをしたものだ！」

アンデルマット夫人は正気づいて、熱心に耳をかたむけていた。彼は鞄から、アンデルマット氏が持つていつたのとそつくりの小さい包みをとりだした。

「これがあなたの手紙です、奥さん、本物です」

「では……先ほどのは？」

「あれは、これと同じですが、昨夜、わたしが写したほうです。ご主人は、代用品とは考えられないでしょうから、よろこんでお読みになるでしょう。だつて、ちやんと自分の目でごらんになつていたんですからね……」

「筆跡は……」

「真似のできない筆跡なんかありませんよ」

彼女は、まるで同じ階級の人に対するのと同じ感謝の言葉をのべた。わたしには、彼女が、ヴァランとアルセーヌ・ルパンとの間に交された最後の文句を聞かなかつたにちがいないことがわかつた。

わたしのほうは、思いもよらぬ姿をあらわしたこの旧友に何と言つてよいかわからないで、当惑して、彼を見つめていた。ルパン！　ルパンだつたのだ！　わたしの交際仲間はルパンにほかならなかつたのだ！　わたしはぼんやりとしてしまつた。しかし彼は、おちつきはらつて、

「君はジャン・ダスプリーにお別れを言つた方がいいよ」

「え？」

「そうだよ、ジャン・ダスプリーは旅に出るんだ。ぼくは彼をモロッコへ行かせるよ。そこで、彼にふさわしい目的を見つけるだろうよ。実をいえば、それが彼の意図なんだよ」

「でも、アルセーヌ・ルパンは残るんだろう？」

「うん、いままで以上にね。アルセーヌ・ルパンはまだ登場したばかりだ。彼の考えは……」

わたしははげしい好奇心にかられて、彼をアンデルマット夫人から遠くへ引つぱつていつて、

「君は手紙の束のある第二の隠し場所を見つけたんだね？」

「大変だつたぜ！　昨日の午後、君がねているあいだに、やつと見つけたんだ。ところが、何と、いたつてかんたんだつたんだ！　しかし、いちばんたやすいことは、人がいちばん考えつかないもんでね」

そして、ハートの7を見せながら、

「大きな金庫をあけるには、このカードを、モザイクの王様の剣にあてなくちゃならないことを見ぬいたんだ……」

「どうしてそれを見ぬいたんだね？」

「たやすいことさ。特別な情報によつて、六月二十二日の晩、ここへ来るとき……」

「ぼくと別れてから？」

「そう。君のように感じやすくて神経質な人間なら、ベッドを出ないで、ぼくを自由に行動させておきたくなるように、話題をえらんでね」

「まつたくその通りだつたよ」

「ところでぼくは、ここへ来るときに、秘密の錠前のついた金庫のなかに小箱がかくしてあること、ハートの7がそれを開ける鍵だということを知つていた。だから、このハートの7を、一定の場所へ当てさえすればよかつたんだ。一時間も

調べれば充分だつたよ」

「一時間で！」

「モザイクの老人を見てごらん」

「老王か？」

「あの老王は、あらゆるトランプのキングであるシャルルマーニュ王にそつくりだよ」

「なるほど……しかし、どうしてハートの7は、大きい金庫でも小さい金庫でもあけられるのかね？　それに、どうして君は、最初に大きいほうしかあけなかつたんだい？」

「なぜかつて？　だつてぼくは、ハートの7をいつも同じ方向にばつかり当てようとしたからさ。昨日はじめて、それを逆さにすれば、つまり、真中にある七つめのハートを、下にではなく上に向ければ、ハートの配置が変ることに気がついたんだよ」

「そうか！」

「そうかつていうけど、それを考えつくことが必要だつたんだ」

「もうひとつ。手紙の話は知らなかつたんだろう、アンデルマット夫人が……」

「ぼくの前でしやべるまではかい？　そうなんだ。ぼくは金庫のなかで、小箱のほかには、二人の兄弟の手紙しか見つけなかつた。その手紙で彼らが裏切つたことがわかつたんだ」

「要するに、君が先ず、兄弟の話の筋をたどり、それから潜水艦の設計図と資料とを探すようになつたのは、偶然なんだね？」

「偶然だよ」

「しかし、何の目的でさがしたんだい？」

ダスプリーは笑いながら、わたしの言葉をさえぎつた。

「いやはや！　君はこの事件にいやに熱心なんだね！」

「とても興味があるんだ」

「それなら、これから、アンデルマット夫人を送りかえし、『エコー・ド・フランス』紙に原稿をとどけてから、もう一度もどつてきて、くわしい話をするよ」

　彼は腰をおろし、この人物の機智をいかんなく発揮した次のような簡潔な記事を書いた。これが全世界で評判になつたことは、だれでもおぼえているだろう。

《アルセーヌ・ルパンは、サルヴァトールが最近提出した問題を解決した。彼は技師ルイ・ラコンブの独創的な資料と設計図をすべて入手し、それを海軍大臣のもとにとどけた。これを機会に、彼はその設計図に従つて建造される最初の潜水艦を国家に献納するための募金を開始した。そして彼自身、募金の先頭に立つて、まず二万フランを寄付した》

「アンデルマット氏の二万フランの小切手かい?」とわたしは、彼がその新聞を見せてくれたときたずねた。

「そうだよ。ヴァランが裏切りを少しでも償うのは当然のことだからね」

⁂

わたしはこうしてアルセーヌ・ルパンと知り合いになつたのである。クラブ仲間のジャン・ダスプリーが、強盗紳士アルセーヌ・ルパンに他ならないことを、わたしはこんなぐあいにして知つたのである。こうしてわたしは、この偉大なる人物ときわめて愉快な友情を結び、彼がかたじけなくもわたしに与えてくれた信頼のおかげで、しだいに彼のいとも謙虚で忠実な、感謝の念にみちた伝記作者となつたのである。

さまよう死霊

アルセーヌ・ルパンは、城の塀にそつて一廻りして、出発点にもどつた。たしかに破れ口はひとつもない。モーペルテュイの広大な屋敷には、内側からしつかりとかんぬきをかけられた低い小門からか、そばに見張り小屋が建つている大門からか以外には、中へ入りこむことができない。

「よし」と、彼は言つた。「非常手段を使おう」

彼は、オートバイをかくしておいた雑木林のなかに入り、サドルの下に巻いてある細い綱の包みをはずし、先ほど調査のときに目をつけておいた場所に向つた。そこには街道からはずれた森のはしで、庭に植えた大木が塀越しに枝を張りだしていた。

ルパンは綱の端に石をつけ、それを大きな枝に投げかけた。それから、綱を引つぱつてその上に乗りさえすればよかつた。枝は、反動で彼を地面から持ち上げた。彼は塀をのりこえ、木につたわつてすべり、庭の草の上にそつと飛びおりた。

冬だつた。葉の落ちた小枝をすかして、谷のような芝生の上の遠くに、モーペルテュイの小さな城が見えた。彼は見つけられるのをおそれ、もみの木立のかげにかくれた。そこでオペラグラスを使つて、彼は城のくらくて陰気くさい正面を研究した。窓は全部しまつており、すきまのないよろい戸で守られている。まるで人が住んでいないみたいだ。

「ちえつ！」と、ルパンはつぶやいた。「面白くない屋敷だ！　こんな所で死にたくないものだ」

ところが、時計が三時を打つと、テラスに面した一階の扉の一つがあいて黒衣をまとつたやせた女の影があらわれた。

女はしばらくのあいだあちらこちらを歩きまわつた。やがて鳥がいくつも彼女をとりまいた。女はパンくずを投げてやつた。それから、中央の芝生につづく石の段をおり、芝生の右手の小道を歩きはじめた。

ルパンは、オペラグラスで、女が自分のほうへやつてくるのをはつきりと見た。女は背が高く、ブロンドで、優雅なものごしと少女のようなようすをしていた。かろやかな足どりで、十二月の弱い太陽をながめ、道の灌木の枯れた小枝を折つてはたのしんでいた。

彼女がルパンとの距離の三分の二ぐらいまでのところへさしかかつたとき、はげしいほえ声がきこえ、大きな犬、背の高いグレート・デーンが近くの小屋から出てきて、つないである鎖を引つぱつて立ちはだかつた。

娘は少し身をよけ、毎日見なれているこんなことには少しも気にかけないで、通りすぎた。犬は後足で立ちあがり、首をしめつけるほど首輪をひつぱつて、ますます怒つた。

女は三、四十歩ほど先へ行つてから、きつとうるさくなつたのであろう、ふりかえつて、手でぶつまねをした。グレート・デーンはきちがいのように跳び上り、犬小屋の奥にひつこみ、またもやたまりかねてとび出てきた。娘は恐怖の叫び声をあげた。犬はひきちぎつた鎖を引きずりながら、とびかかつた。

女は全速力で駆け出し、必死になつて救いを求めた。しかし、犬はすぐに追いついてしまつた。

女はみるまに力つき、気を失つて倒れた。犬は彼女の上になり、いまにもくいつきそうになつた。

ちようどそのとき、一発の銃声がきこえた。犬はもんどりうつて倒れ、足で土をかき、何度もうなつて横になつた。息もたえだえのしわがれたうなり声は、低い、はつきりとしないうめき声に変つた。それだけだつた。

「死んだ」と、もう一度発射しようとしてピストルをかまえながら走り寄つたルパンが言つた。

娘は起き上つた。顔色は真青で、まだふらふらしている。彼女はとてもおどろいて、自分の命を助けてくれたこの見知らぬ男を見つめた。彼女はつぶやいた。

「ありがとう……とつてもこわかつたわ……まにあつて……ありがとうございました」

ルパンは帽子をぬいだ。

「自己紹介させていただきます、お嬢さん……ポール・ドーブルーユです……でも、説明する前に、少しばかり……」

彼は犬の死骸のほうへ身をかがめ、犬が力をだして引きちぎつた鎖の切れ目をしらべた。

「やつぱりそうだ！」と、彼はつぶやくように言つた。「考えていた通りだ。畜生！　事態は切迫している……もつと早く来るべきだつた」

彼は娘のところへもどつて、きつぱりと言つた。

「お嬢さん、一刻を争うときです。ぼくがこの庭にいることは、とても突飛なことですから、人に見られたくはありません。これは、あなただけに関係のある理由からなのです。あなたは、ピストルの音が城できこえたとお考えになりますか？」

娘はもう興奮からたち直つたようだつた。そして彼女は、しつかりした性質のうかがわれる落着きで答えた。

「きこえないと思います」

「お父さんは、今日、お城にいらつしやいますか？」

「父は数ケ月前から病気でねております。それに、父の部屋はむこう側に面していますから」

「召使いたちは？」

「やはりむこう側に住んで働いています。こちらへは決してだれも参りません。あたしだけが散歩するんですの」

「では、ここにいてもだれにも見られませんね。おまけに、木のかげですから」

「そうですわ」

「それじゃ、自由にお話してもよろしいですね？」

「ええ、でも、あたしにはよく……」

「いまにわかりますよ」

彼はもう少し娘に近より、言つた。

「簡単に申します。こうなんです。四日前、ジャンヌ・ダルシュー嬢が……」

「あたしですわ」と、彼女は言つた。

「ジャンヌ・ダルシュー嬢が」と、ルパンはつづけた。「ヴェルサイユに住んでいるマルスリーヌという名前の友だちに手紙を書きました……」

「どうしてそんなことをご存じですの？」と、娘はびつくりしてたずねた。「あたしは書き上げない前に、その手紙を破つてしまいましたのに」

「そしてあなたは、その紙くずを、城からヴァンドームへ行く街道に捨てました」

「ほんとに……あたし、散歩してたんですわ……」

「その紙くずは拾われ、翌日にはぼくのところへとどけられたんです」

「では……お読みになつたの？」と、ジャンヌ・ダルシューはいささかむつとして言つた。

「ええ、失礼だと思いましたが拝見しました。しかし、よかつたと思いますよ。だつて、あなたを救うことができるんですからね」

「あたしを救うんですつて……何から？」

「死からです」

ルパンはこの短い言葉をとてもはつきりした声で言つた。

娘は身ぶるいした。

「あたしは死ぬおそれなんかありませんわ」

「ありますよ、お嬢さん。十月の末ごろ、あなたが毎日、同じ時間に腰をおかけになるテラスのベンチで、本をお読みになつていたとき、軒の切石がおちて、もう少しでその下敷になつて押しつぶされるところだつたでしょう」

「偶然ですわ……」

「十一月のよく晴れた晩、あなたは月の光の下で果樹園を歩いていましたね。ピストルの音がして、弾丸が耳をかすめたでしょう」

「でも……それはきつと……」

「それから、先週、庭の川に、滝から二メートルのところにかかつている木の小橋が、あなたの渡つていたときに落ちましたね。あなたは奇跡的にも、木の根つ子につかまることができたんでしょう」

ジャンヌ・ダルシューは微笑しようとした。

「そうですわ。でもそれは、マルスリーヌに書いたように、偶然の一致ですわ……」

「いや、お嬢さん、ちがいますよ。そういつた偶然が一回だけならわかりますが……二回でもまあ……しかし、これほど異常な状況のもとで、三回も同じことがくりかえして起つたのを、たんなる偶然と考えるわけにはいきません。だからこそ、ぼくはあなたを救う必要がある、と考えたのです。そして、ぼくの介入は、人に知られては意味がありませんから、ぼくは遠慮なくここへ入りこんだんです……門からではなくね。あなたのおつしやるように、うまくまにあいました。敵はまたしてもあなたを攻撃したのです」

「何ですつて！……あなたはそんなことをお考えですの？……いいえ、そんなはずはないわ……信じられませんわ……」

ルパンは鎖を拾つて、それを見せながら、

「最後の環をごらんなさい。明らかにやすりをかけてあります。さもなければ、こんな丈夫な鎖は切れませんよ。それに、やすりのあとがはつきり見えます」

ジャンヌは青くなり、恐怖のために美しい顔をゆがめた。

「でも、いつたいだれがあたしをうらんでいるのでしょう？」と、彼女はつぶやいた。「こわいわ……だれにも悪いことなんかしたことないのに……でも、あなたのおつしやるとおりですわ……それどころか……」

彼女は声をひくめて言つた。

「それどころか、父にも同じ危険がせまつているのではないかと気がかりですわ」

「お父さんもやられたんですか？」

「いいえ、だつて、お部屋から出ないんですもの。でも、父の病気はとつても変ですの……気力がありませんし……歩くこともできません……それに、まるで心臓がとまるみたいに息切れがするんです。ああ！　ほんとにこわいわ！」

ルパンは、こういう場合に、自分がこの女に対してどんなに権威をもつことができるかを感じて、言つた。

「心配ありませんよ、お嬢さん。あなたがぼくの言うなりに動いて下されば、きつとうまくいきますよ」

「はい……はい……そうします……でも、とつてもこわいわ……」

「どうかご安心下さい。そして、ぼくの言うことをきいて下さい。少し知りたいことがあるのです」

彼はたてつづけに質問した。ジャンヌ・ダルシューは即座にそれに答えた。

「この犬は、いままで離したことはないんでしょう？」

「そうです」

「だれが餌をやってましたか？」

「番人です。夕方になると食物を運んでました」

「それでは、彼はそばへよっても嚙まれなかったんですね？」

「はい。番人だけは。猛犬ですから」

「その男を疑いませんか？」

「いいえ！……バティストは……決して！……」

「ほかにはだれも？」

「だれも、あやしい者はいません。うちの召使いたちはみんなとてもよくやってくれます。あたしをかわいがっていますわ」

「城にはお友だちはいませんか？」

「ありません」

「兄弟は？」

「ありません」

「では、あなたを守ってくれるのは、お父さんだけなんですね？」

「はい。どんなぐあいかは今申し上げたとおりですわ」

「あなたは、いろんな出来事をお父さんに話しましたか？」

「ええ。それがいけなかったのです。お医者のゲルー先生は、決して興奮させてはいけないって、おっしゃっていました」

「お母さんは？」

「おぼえていません。母は、十六年前に亡くなりました……ちょうど十六年になります」

「そのときあなたは？」

「もう少しで五つになるところでした」

「ここに住んでいたのですか？」

「あたしたちはパリに住んでいました。その翌年になって、父はこの城を買ったのです」

ルパンはしばらくだまっていたが、やがて次のように結論した。

「よくわかりました、お嬢さん。ありがとう。いまのところこれだけでたくさんです。それに、いつまでも一緒にいるのは、危険ですからね」

「でも」と、娘は言った。「番人はまもなくこの犬を見つけるでしょう……だれが殺したことにしましょう?」

「あなたですよ、お嬢さん。正当防衛です」

「あたし、武器を持つていませんわ」

「持つている気になるのですよ」と、ルパンは微笑しながら言つた。「だつて、犬は殺されているんだし、あなた以外に殺した人はいないわけですからね。それに他の人は自分のいいように考えてくれますよ。重要なことは、ぼくがこの城へ来ても疑われないことなんです」

「城に? いらつしやるつもりですか?」

「まだどういうふうにするかわかりませんが……とにかく来ますよ……今晩にでも……だから、もう一度言いますが、ご安心下さい。ぼくがみんな引受けますよ」

ジャンヌは彼を見つめ、彼の信念と善意を持つた様子に心を動かされて、簡単に言つた。

「安心してますわ」

「それなら、すべてうまく行くでしょう。では、今晩」

「さようなら」

彼女は遠ざかつた。ルパンは、彼女が城の角で見えなくなるまで見送つていたが、こうつぶやいた。

「きれいな人だ! あの人が不幸になつてはかわいそうだ。幸いなことに、この立派なアルセーヌがついている」

人に出会うのもおそれず、彼は耳をすましながら、庭をすみずみまで調べ、外から目をつけておいた低い小門をさがし(それは果樹園の門だつた)かんぬきをはずし、鍵を取り、それから塀にそつて、先ほどよじのぼつた木のところへもどつた。二分後、彼はオートバイに乗つていた。


モーペルテュイの村は、ほとんど城とつづいていた。ルパンは人にたずねて、ゲルー医師が教会のそばに住んでいるのを知つた。

彼はベルを鳴らし、診察室にとおされ、パリのシュレーヌ街に住むポール・ドーブルーユと名乗り、保安部と特別の関係がある者だが、それは、秘密にしておいてもらいたいと言つた。手紙の破りくずから、ダルシュー嬢の生命を危険におとしいれた事件を知つたので、この娘を救いにきたのであると。

ゲルー医師は、年とつた田舎医者だつたが、ジャンヌをかわいがつていたので、ルパンの説明に対し、すぐにこの事件は明らかに何かの陰謀の証拠にちがいないと言つた。彼はきわめて感動し、訪問者に宿を提供し、夕食を出した。

二人は長いあいだ話し合つた。夜になると、二人で一緒に城に行つた。

医者は、二階にある患者の部屋にあがり、若い同僚をつれてきたことをことわつた。彼は休養したいから、しばらくのあいだその若い医者に代つてもらう旨を告げた。

ルパンは部屋へ入ると、父親の枕もとにジャンヌ・ダルシューがいるのを見た。彼女はびつくりした素振りを押え、医者の合図で外に出た。

そこでルパンの立会いのもとに診察がおこなわれた。ダルシュー氏は、病苦のためにやせおとろえ、熱つぽい目をしていた。その日彼は、特に心臓が苦しいと訴えた。聴診がすむと、彼はとても心配そうに医者にたずね、返事のたびに安心するようであつた。患者はまた、ジャンヌのことも話し、自分はだまされていて、娘には、ほかにも事件があつたのだろう、と言つた。医者がそれを否定しても、彼は気がかりのようだつた。警察に届けて、調査をしてもらいたいと言つた。しかし、やがて興奮のために疲れ、だんだんぐつたりとしてきた。

ルパンは廊下で医者をひきとめた。

「ねえ、先生、はつきりしたご意見はいかがでしようか？ ダルシューさんの病気は、何かほかに原因があるとお考えですか？」

「どうしてそんなことを？」

「いいですか、同じ敵が、父親も娘も殺そうとしていると仮定しましよう」

ゲルー医師はびつくりしたようだつた。

「なるほど……なるほど……この病気は時どきとても妙な症状を呈しましてね！ たとえば、足はほとんど完全に麻痺していますから、その結果は当然……」

医者はしばらく考え、次に低い声で言つた。

「すると毒ということになるが……どんな毒かな？……それに、中毒の症状は認められないし……だから……どうしましようか？……どうしたものでしよう？」

二人はそのとき、二階の小さい広間の前で話していた。その部屋ではジャンヌが、医者が父のところにいるのを幸いに、夕食をはじめていた。開いているドアからそれを眺めていたルパンは、彼女が茶碗を口につけて、二口三口飲むのを見た。

突然、彼はジャンヌのところへ走り寄つて、腕をつかまえた。

「何を飲んでるんですか？」

「だつて」と、彼女はうろたえて言つた。「煎じた……お茶ですわ」

「にがそうな顔をしましたね……なぜですか？」

「わかりません……ただなんとなく……」

「なんとなく、どうなんです？」

「なんとなく……にがいように思いました……でも、きつとそれは、薬をまぜたからですわ」

「どんな薬ですか？」

「毎晩飲んでいる水薬ですわ……先生が処方してくださつたんでしよう？」

「そうです」と、ゲルー医師は言つた。「しかし、あの薬には味がないはずですよ……ジャンヌさん、あなたは二週間も前から飲んでいるんだから、よく知つているでしよう。こんなことは初めて……」

「ほんとに……」と、娘はつぶやいた。「でも、これには味がある……あら、まだ口がひりひりしますわ」

こんどはゲルー医師が一口のんだ。

「あつ！　ぺつ！」と、彼は吐きだしながら叫んだ。「たしかにそうだ！」

ルパンも、薬瓶をしらべて、たずねた。

「昼間は、この瓶をどこにおくのですか？」

しかし、ジャンヌは返事することができなかつた。彼女は胸に手を当て、顔を真青にし、目をひきつけ、とても苦しそうだつた。

「苦しい……苦しい」と、彼女は口ごもつた。

二人はあわてて娘を居間に運び、寝台にねかせた。

「吐剤がいりますね」と、ルパンが言つた。

「戸棚をあけて下さい」と、医師が命令した。「薬箱があるはずです……ありましたか？　小さいチューブを出して下さい……ええ、それ……それから、お湯を……お茶の盆の上にあるでしょう」

　ベルを鳴らすと、特にジャンヌの用を言いつかつていた女中が駆けつけた。ルパンは女中に、ダルシュー嬢が原因不明の病気にかかつたと説明した。

　次に彼は小さな食堂に行つて、食器棚や戸棚を調べ、台所へおりていつて、医者からダルシュー氏の食物を検査するように言われたとの口実を述べた。彼はさりげない顔で、料理女や下男や番人のバティストにしやべらせた。番人は城で食事をしていたのである。

　彼は二階へもどつて医者と会つた。

「どうですか？」

「眠つていますよ」

「危険はありませんか？」

「ありません。幸いなことに、二口か三口飲んだだけです。でも、今日はあなたは二度も彼女の生命を救つたことになりますね。この瓶の中味を分析すれば、その証拠がわかるでしょう」

「分析には及びませんよ、先生。確かに毒殺未遂です」

「しかしだれでしょうか？」

「わかりません。しかし、これを企てた悪魔は、明らかに城の習慣を知つています。そいつは、思いのままに出没し、庭を歩きまわり、犬の鎖にやすりをかけ、食物に毒を入れ、要するに、自分が殺そうと思つている女、いや人々の生活と同じ生活をしているのです」

「えつ！　あなたはダルシューさんも同じ危険にさらされているとお考えですか？」

「もちろんそうです」

「では、召使いのうちのだれかですか？　しかし、そんなはずがない。あなたのお考えは？」

「わたしは何も考えません。何も知りません。ただわたしが言えることは、事態は重大であり、最悪の事件をかくごしなければならないということだけです。ここには死霊がいますよ、先生。それは、この城のなかをうろついていて、もうじき、目ざす相手にとりつくでしょう」

「どうしたらいいでしょう？」

「監視することです、先生。ダルシューさんの病状が思わしくないとの口実で、この広間に泊りましょう。父親と娘の部屋はそんなに離れてはいませんから、いざというときには、すぐにわかりますよ」

そこには長椅子があつた。二人は交代でそこで眠ることにした。

実際には、ルパンは二、三時間しか眠らなかつた。夜半すぎに、彼は医者に知らせずに、部屋をぬけ出し、城のなかをつぶさに見てまわり、大門から外へ出た。

九時ごろ、彼はオートバイでパリに着いた。途中で電話をかけておいたので、二人の友人が彼を待つていた。三人はそれぞれ手わけして、ルパンが考えた調査に一日中走りまわつた。

六時になると、彼は急いで帰途についた。後になつて彼が語つたところでは、この帰途ほど生命の危険にさらされたことはなかつたということである。十二月の霧の多い晩に、フル・スピードで走つたわけだが、闇のなかでは、彼のライトはほとんど役に立たなかつたのだ。

まだ開いている大門の前で、彼はオートバイからとびおり、城まで走つて、二階へかけ上つた。

小さい広間には、だれもいない。

彼はためらうことなく、ノックもしないでジャンヌの部屋へ入つた。

「ああ！　こちらにいらしたんですか」と、彼はジャンヌと医者が寄りそつて坐り、話をしているのを見て、安堵の吐息をもらしながら言つた。

「どうしたんです？　変つたことでも！」と医者は、冷静なこの男が興奮しているのを見て、心配そうに言つた。

「何も」と、彼は答えた。「変つたことはありません。こちらは？」

「こちらもやはり何もありません。いまさつきダルシューさんを見てきたところです。一日中気分がよくて、食欲もありました。ジャンヌさんは、ごらんのとおり、すつかり顔色がよくなりましたよ」

「それでは、出かけましょう」

「出かけるんですって！　そんなことはできませんわ」と、娘は反対した。

「その必要があるんです」と、ルパンは足をふみならし、はげしい口調で叫んだ。

　彼はすぐに冷静になり、失礼をわび、それから三、四分間、だまったままでいた。医者もジャンヌもその沈黙を乱さなかった。

　やがて、彼は娘に言った。

「明日の朝出発なさい、お嬢さん。ほんの一週間か二週間のことです。あなたが手紙を書いたヴェルサイユのお友だちのところへお連れしましょう。今晩にも、大つぴらに準備をして下さい。召使いたちに知らせなさい……それから、先生はダルシューさんに話をして、この旅行はお嬢さんの安全のために絶対に必要だということを、できるだけ納得させて下さい。もちろん、お父さんも元気になったらすぐにでも、お嬢さんのところへ行きますよ。よろしいですね？」

「はい」と彼女は、ルパンのやさしいが命令するような口調に圧倒されて答えた。

「それでは」と、彼は言つた。「早くなさい。もう部屋を出てはいけませんよ」

「でも」と、娘は身ぶるいしながら反対した。「今晩は……」

「心配することありませんよ。少しでも危険があつたら、先生もぼくも来ますから。ドアを軽く三つ叩いたらあけて下さい」

　ジャンヌはすぐに女中をベルで呼んだ。医者はダルシュー氏の部屋へ行き、ルパンは小さい客間で食事をした。

「やつとすみました」と、二十分ぐらいしてから医者が言つた。「ダルシューさんはたいして反対しませんでしたよ。心の中では、あの人もやはりジャンヌを遠くへやるほうがいいと考えているんです」

　二人は城の外へ出た。

　門のそばで、ルパンは番人を呼んだ。

「門は閉めてもいいよ、君。ダルシューさんの用ができたらすぐ呼びに来てくれ」

モーペルテュイの教会で十時が鳴つた。黒い雲が野原の上にかぶさり、ときどき月をかくした。

二人は百歩ほど進んだ。

村に近づいたとき、ルパンが医者の腕をつかまえた。

「とまつて！」

「どうしたんです？」と、医者が叫んだ。

「もしかして」と、ルパンがせきたてるような口調で言つた。「ぼくの観察が正しければ、ぼくがこの事件でへまばかりやつていないとすれば、ことによると今晩、ダルシュー嬢は殺されるかもしれない」

「えつ！　何ですつて？」と、医者はびつくりして口ごもつた。「しかし、それならなぜ出て来たんですか？」

「それは、ぼくらの行動を陰でうかがつている犯人に、犯行を延期しないで、やつのえらんだ時刻にではなく、ぼくのきめた時刻に遂行させるためですよ」

「では城へもどるのですか？」

「もちろんです。しかし別々にですよ」

「とにかく、今すぐにでも」

「よく聞いて下さい、先生」と、ルパンは落ちついた声で言つた。「むだ話で時間を浪費しないようにしましょう。何よりも、相手の警戒をはぐらかさなくてはなりません。そのためには、まつすぐお宅へ帰つて、つけられていないことを確かめてから、もう一度出なおして下さい。そして、城の塀を左へ廻つて、果樹園の小門のところへ行つて下さい。ここにその鍵があります。教会の時計が十一時を打つたら、門をそつとあけて、城の裏手のテラスに向つてまつすぐに行きなさい。五つ目の窓は戸じまりがしつかりしていません。バルコニーをまたぎさえすればいいです。ダルシュー嬢の部屋へ入つたら、かんぬきをかけて、じつとしていることです。わかりましたね、どんなことが起つても、動いてはいけません。ダルシュー嬢が、化粧室の窓を半分あけておくのを見ましたが、そうでしょう？」

「そうです。わたしがその習慣をつけさせたのです」

「そこから入つて来るでしょう」

「しかしあなたは？」

「ぼくもそこから入ります」

「その悪漢は何者ですか？」

ルパンはためらい、それから答えた。

「いや……ぼくは知りません……ですから、今にわかるでしよう。しかし、ぜひとも落ちついていてください。一言も、動いてもいけません。何事が起つても」

「約束しますよ」

「約束ではだめです、先生。お誓い下さい」

「誓いましょう」

医者は立ち去つた。ルパンはすぐに、二階と三階の窓が見える近くの丘に上つた。窓はいくつか明るかつた。

彼はかなり長いあいだ待つた。明りはひとつずつ消えた。そこで彼は、医者と反対の方向にむかい、右にまがつて、塀にそい、昨日オートバイをかくしておいた木立のところまで行つた。

十一時が鳴つた。彼は医者が果樹園を横切り、城に入るまでの時間を計算した。

「よし」と、彼は呟いた。「医者は部署についたはずだ。だから、あつちのほうは完全だ。助けに行け、ルパン。敵はもうじき最後の切札を出すだろう……さて、おれの出る幕になつたぞ」

彼は最初のときと同じやりかたで、枝をひつぱり、塀の上にとびのり、そこから木のしげみに身をひそめた。

そのとき、彼は耳をそばだてた。枯葉がかさかさと音を立てたような気がした。そして事実、彼は自分の下の三十メートルほどさきで、ひとつの影が動いているのを見た。

「ちくしよう」と、彼はつぶやいた。「しまつた。やつはかぎつけたな」

月の光がさした。ルパンはその男がピストルのねらいをつけているのを、はつきりと見た。彼は下へとびおりようと思い、ふりかえつた。だが、胸に衝撃を感じ、発射の音を聞き、怒りの叫びを発し、死骸のように枝から枝へところがつていつた……

そのあいだに、ゲルー医師は、アルセーヌ・ルパンの言いつけをまもり、五つ目の窓のへりをよじのぼり、手さぐりで二階に上つて行つた。ジャンヌの部屋の前につくと、かるく三つたたき、なかへ入つて、すぐにかんぬきをかけた。

「ベッドに横になりなさい」と彼は、夕方のままの服装をしている娘に、低い声で言つた。「寝たふりをしていなくてはいけません。ブルルル、ここは寒いですね。化粧室の窓が開いてるんですな」

「ええ……閉めましょうか……」

「いや、そのままでいい。すぐ来ますよ」

「来るんですか！」と、ジャンヌはこわそうに早口で言つた。

「そうです。きつと」

「でも、だれなんでしょうか？」

「知りません……だれかが城のなかに……それとも庭に……かくれているのでしょう」

「まあ！　こわい」

「大丈夫です。あなたを護つてくれる青年は、とても強くて、しつかりしてるようですから。彼は中庭のどこかで見張つているはずです」

医者はスタンドを消し、窓に近寄つてカーテンをあげた。二階にそつた狭い軒蛇腹がじゃまになつて、中庭の遠い部分しか見えなかつたので、彼は寝台のそばへもどつて腰をおろした。

息づまるような数分間が過ぎた。それは二人には果てしなく続くように思われた。村で教会の時計が鳴つたが、夜のかすかな物音にまぎれて、二人にはほとんどその音がきこえなかつた。二人は神経をとぎらせて耳をすましていた。

「きこえましたか？」と、医者がささやいた。

「ええ」と、寝台にすわつていたジャンヌが答えた。

「寝てなさい……寝てなさい」と、彼はしばらくしてから言つた。「来ますよ……」

外で、何か軒蛇腹につきあたる音がした。それから、何だかよくわからない、ぼんやりした音がつづいた。しかし、近くの窓が大きく開かれたような気がした。冷たい空気が流れこんできたからである。

とつぜん、はつきりとした――そばにだれかがいるのだ。

医者は、少しふるえる手でピストルを握つた。それでも彼は、与えられた命令に反するのをおそれて、じつと動かないでいた。

部屋のなかはまつくらだつた。だから彼は、敵がどこにいるのか見えなかつた。しかし、いることは確実だつた。

二人は敵の目に見えない身振り、敷物のために音のしない歩みを感じた。部屋の敷居をたしかに越えたようだつた。

敵は立ちどまつた。それは二人にもわかつた。相手は、寝台から五歩ばかりのところにじつと立つている。おそらく、鋭い目つきで暗闇のなかの見当をつけようとしているのだろう。

ジャンヌの手は、医者の手のなかで、ふるえ、冷たく、汗にまみれていた。

医者は、もう一方の手でピストルを強く握りしめ、指を引金にかけていた。動くなと命令されていたが、彼はためらわなかつた。賊が寝台の端にさわつたら、いいかげんに見当をつけて、ぶつぱなしてやろう。

敵はもう一歩進み、また立ちどまつた。この沈黙、この不動、この暗黒のなかで、たがいにじつと相手をうかがいあうのは不気味だつた。

いつたい、何者がこんな夜なかに現われたのだろう？　この男は何者なのだ？　いかなるおそろしい恨みがあつて、娘をおそうのか？　どんなに凶悪なことを企てているのか？

ジャンヌと医者は、とてもこわかつたが、真実を見かつ知ろう、敵の顔をたしかめようとばかり考えていた。

賊はもう一歩ふみだし、もうそれから動かなかつた。二人には、その影がくらい闇よりも更に黒くうき出し、腕が少しずつもち上げられるように見えた。

一分間がすぎた。さらに一分間が。

すると、とつぜん、その男よりもずつと遠く、右手のほうに、かさかさという物音……あかるい光が男にむけられ、まともに照らしだした。

ジャンヌは恐怖の叫びを発した。彼女は見たのだ、短刀を手にしてのしかかつてくるのを、彼女は見た……父親を！

ほとんど同時に、光がきえるとすぐに、ピストルの音……医者が発射したのだ。

「ちえつ！　射つな」と、ルパンがどなつた。

彼は息をはずませている医者を抱きかかえた。

「見たでしょう……見たでしょう……ほら……逃げて行く……」

「ほつときなさい……それがいちばんいいよ」ルパンはもう一度懐中電灯をともして、化粧室へ走つて行き、男が逃げ去つたのを確かめ、ゆつくりとテーブルのところへもどり、電灯をつけた。

ジャンヌは、蒼い顔をして気を失い、寝台に横になつていた。

医者は長椅子にうずくまつて、わけのわからない言葉をつぶやいていた。

「さあ」と、ルパンは笑いながら言つた。「元気をとりもどして下さい。こわがることはありませんよ、もう終りましたから」

「父親が……父親が……」と、年老いた医者はつぶやいた。

「おねがいですから、先生。ダルシュー嬢が病気なのです。手当をして下さい」

ルパンはそれ以上は何も説明しないで、化粧室に行き軒蛇腹を調べた。梯子がかかつている。彼はいそいでそれを下りた。塀にそつて二十歩ばかり行くと、縄梯子の桟にぶつかつた。それをよじのぼると、ダルシュー氏の部屋に出た。部屋は空つぽだつた。

「よし」と、彼は考えた。「お客は情勢非なりと考えて、逃げたな。無事であれ……門はふさいであるのだろう? まさしくそうだ。患者は、正直な先生をだまして、夜にまぎれてゆうゆうと起き上り、バルコニーに縄梯子をかけ、うまく芸当を演じたわけだ。なかなかやるぞ、ダルシューのやつ!」

彼はかんぬきをはずし、ジャンヌの部屋へもどつた。医者は部屋を出て、彼を小さい広間へつれていつた。

「彼女は眠つているから、じやまをしないように。動揺がひどかつたから、回復するには時間がかかるでしょう」

ルパンは水差しをとり、水を一杯のんだ。それからすわり、おちついて、

「なあに! 明日はもう来ませんよ」

「何のことですか?」

「明日はもう来ないと言つてるんです」

「どうして?」

「第一に、ダルシュー嬢は父親に対して、あまり愛情を感じてはいないようですから」

「そりやそうですよ！　考えてもごらんなさい……娘を殺そうとする父親なんて！　何ケ月ものあいだ、おそろしい計画を四度、五度、六度もくりかえす父親なんですよ……ねえ、ジャンヌほど感じやすくない人間だつて、いやになるじやありませんか？　何といういやな思い出でしよう！」

「忘れるでしようよ」

「こんなことは忘れませんぞ」

「忘れますよ、先生。理由はしごくかんたんです……」

「どういうことですか？」

「彼女はダルシューの娘ではないんです！」

「へえ？」

「もう一度申しますが、あの悪者の娘ではないんです」

「なんですつて？　ダルシュー氏は……」

「ダルシュー氏は彼女の養父なんですよ。彼女は父親が、ほんとの父親が死ぬ直前に生れたのです。それでジャンヌの母親は、夫とおなじ苗字をもつ、夫のいとこと再婚しました。そして再婚した年に死んでしまつたのです。ジャンヌはダルシュー氏の手にのこされました。ダルシュー氏は、初め彼女を外国につれて行き、それから、この城を買いました。そして、この地方には知人が一人もいなかつたので、彼はその子を実の娘だと言つていました。彼女自身も、自分の出生の真相を知らないのです」

　医者はしばらくあつけにとられていたが、やがてつぶやくように言つた。

「そういうことは確かなんですか？」

「ぼくは一日中、パリの区役所をしらべ歩いたんです。戸籍を閲覧し、二人の公証人に質問し、あらゆる証書をあたつてみました。疑う余地はありません」

「しかし、それは犯罪、というより一連の犯罪の説明にはなりませんね」

「なりますよ」と、ルパンは言いきつた。「最初から、ぼくがこの事件に首をつつこんだそもそもから、ダルシュー嬢の一言によつて、捜査の方向を予感することができました。彼女は《母が死んだときには、五才になるところでした。十六年前のことです》と言つたのです。だからダルシュー嬢は二十一才になるところでした、つまり成人になるところだつたのです。すぐにぼくは、これが重大な点だと思いました。成年というのは、財産を整理する年です。母親の相続人であるダルシュー嬢の財産状態はどうだつたんでしょう？　もちろん、ぼくは父親のことなどは全く考えにいれませんでした。第一、こんなことは想像もできません。次に、病気でねているダルシューの演じた芝居は……」

「ほんとうに病気なのです」と、医者が口をはさんだ。

「だからこそ嫌疑をまぬがれていたのです……それに、ぼくは彼自身も犯行の目的になつていると考えていたから、なおさらなのです。しかし、彼らの親類のなかに、彼らを亡きものにすることによつて、利益をうける人間がいたでしょうか？　パリへ行つてみて、真相がわかりました。ダルシュー嬢は、母親から莫大な財産を相続する権利があるのを、彼女の義父が横取りしていたのです。来月、パリで、公証人の召集で、親族会議があるはずになつていました。真相が暴露されれば、ダルシューにとつては破産ですよ」

「それでは彼は金をためていなかつたんですか？」

「いましたよ。しかし、投機に失敗して、大損したのです」

「しかし、結局どうなんですか？　ジャンヌは彼から財産の管理をとりもどさなかつたんですか？」

「先生がご存じないことがひとつあるのです。ぼくは手紙の反古を読んで知つたのですが。ダルシュー嬢はヴェルサイユの女友だちマルスリーヌの兄を愛しています。ところが、ダルシュー氏が結婚に反対していますので――これで理由がおわかりでしょう――彼女は結婚するために成人になるのを待つていたのです」

「なるほど」と、医者が言つた。「なるほど……それじゃ破産ですね」

「たしかに、破産ですよ。彼が救われる唯一のチャンスは、義理の娘が死ぬことです。彼がいちばん近い相続人になりますからね」

「まつたく。しかし嫌疑をかけられなければの話ですな」

「もちろんそうです。だからこそ彼は、偶然の死にみせかけるために、いくつもの事故をたくらんだわけです。また、だからこそ、ぼくのほうでも、事態を進展させるために、ダルシュー嬢がすぐに出発することを彼に知らせるように、あなたにお願いしたのです。そうすれば、あの自称病人は、夜にまぎれて庭や廊下をうろつきまわり、長いあいだ考えていた計画を実行するのはまにあわなくなりました。そうです。行動することが、即時の行動が、準備なしの、手荒な、直接行動が必要になつたのです。ぼくは彼がきつとそう決心すると思つていました。彼はやつてきたのです」

「彼は用心しなかつたのですか？」

「ぼくのことは警戒していました。ぼくが今夜帰つてくることを感づいて、先日ぼくが塀をのりこえた場所を見張つていたのです」

「それで？」

「それで」と、ルパンは笑いながら言つた。「ぼくは胸のまんなかに弾丸をうけましたよ……というより、ぼくの紙入れが弾丸をうけたんですがね……ほら、穴が見えるでしよう……そこで、ぼくは死人のように木からころげ落ちました。彼は唯一の敵を片づけたと思つて、城のほうへ行きました。二時間あまりもうろついているのが見えました。それから、決心したらしく、物置から梯子を持つてきて、窓にかけました。ぼくは彼の後をつけさえすればよかつたのです」

医者は考えてから、言つた。

「あなたは、その前に彼の首をひつつかまえることができたでしように。どうして梯子をのぼらせたんですか？　あんな経験はジャンヌにとつてはつらくて……それに、むだでしたのに……」

「必要だつたのです！　そうでもしなければ、ダルシュー嬢は決して真相を認めることができなかつたでしよう。彼女が殺害者の顔を見る必要があつたのです。目がさめたら、事情をお話し下さい。すぐに全快するでしよう」

「しかし……ダルシュー氏は……」

「彼の失踪のことは、うまくとりつくろつて説明して下さい。急の旅行だとか……発狂したとか……少しは捜査するでしようが、すぐに忘れられてしまうことは確実ですよ」

医者はうなずいた。

「さよう……なるほど……おつしやるとおりです……あなた

は実にうまくやつてのけましたな。あなたはジャンヌの命の恩人です……彼女は自分であなたにお礼を言うでしょう。しかし、わたくしのほうでも、何かお役に立ちたいと思いますが。あなたは保安部とご関係がおありだと言われましたな……あなたの行動と勇気とを賞讃する手紙を書いてもよろしいでしょうか？」

ルパンは笑いだした。

「もちろんです！　そういう手紙は、ぼくには有利でしょうな。それでは、ぼくの直接の上官である主任警部ガニマール宛に書いて下さい。彼の部下、シュレーヌ街のポール・ドーブルーユが、またしても手柄をたてたと知つたら、大よろこびするでしょう。ぼくは、あなたもご存じだと思いますが、あの《赤いスカーフ》事件で、彼の指揮下で活躍したばかりなんです。あの真面目なガニマール氏が、どんなによろこぶことでしょう！」

遅かりしシャーロック・ホームズ

「ヴェルモン君、あなたはとてもアルセーヌ・ルパンに似てますね？」

「それでは、ルパンを知つてるんですか？」

「いや、世間の人とおなじように、写真で見ただけですよ」

「ということは、全然、知らないつてことですね。というのは、彼の写真はそれぞれみんなちがつているんですからな」

「たしかにそうです。しかしそれでも、どの写真を見ても、共通した人相をしていますよ……それがあなたと似ているんです」

　オラース・ヴェルモンは、いささか気分を害したようだつた。

「そうでしょう、ドヴァーヌさん。そう言うのは、あなただけではありませんよ」

「もしあなたが」と、ドヴァーヌは強調した。「いとこのデストヴァンの紹介で来たのでなければ、またわたしが感心している美しい海の絵をかく有名な画家でなかつたら、わたしは、あなたがディエップにいることを、警察に知らせたかも知れないほどですよ」

　この冗談に、みんながどつと笑つた。チベルメニルの城の広い食堂には、ヴェルモンのほかに、村の司祭ジェリス師、それから、付近で演習していた連隊の将校たちが十人あまり、すべて銀行家ジョルジュ・ドヴァーヌとその母とに招待されていたのである。そのうちの一人が大声で言つた。

「しかし、事実、アルセーヌ・ルパンは、あのパリ＝ル・アーヴル間の特急での有名な早業のあとで、この海岸にいるという話じやありませんか？」

「そうなんです。三ケ月前のことですが、わたしはその次の週に、カジノでこのすばらしいヴェルモン君と知り合いになつたのです。ヴェルモン君はそれから、何回もわたしを訪ねてくれましたよ。きつと近日中に、いや近日中の夜に、もつと念入りな家宅捜索をしてくれるでしょう！」

みんなはもう一度笑つて、それから昔の衛兵室に移つた。それは天井の高い広大な部屋で、ギヨーム塔の一階を全部占めており、そこにジョルジュ・ドヴァーヌは、チベルメニルの領主たちが何世紀にもわたつて集めた貴重な財宝を、まとめて陳列しておいた。櫃や食器棚、薪台や燭台などが飾つてある。石の壁には、見事な壁掛けがさがつている。四つの窓ぎわのくぼみには、ベンチが置いてあり、鉛の枠つきのガラスのはまつたアーチ型の窓がある。ドアと左手の窓とのあいだには、ルネッサンス式の堂々たる書棚が立てられており、その頂上には金文字で《チベルメニル》と刻まれ、その下には、《汝の欲することを為せ》という家訓が見える。

みんなが葉巻を吸いはじめると、ドヴァーヌがつづけた。

「ただ、早くしたまえよ、ヴェルモン君、君に残された最後の夜だからね」

「なぜですか？」と画家は、それを冗談だと思つて言つた。

ドヴァーヌが返事をしようとしたとき、彼の母親が合図した。しかし、食事の際の興奮や、客の興味をひこうとする欲望のほうが強かつた。

「いや！」と、彼はつぶやいた。「もう話してもいいだろう。もう用心する必要はないよ」

人々は好奇心にひかれて、彼のまわりに集つた。すると彼は、重大ニュースを発表する人のように得意そうなようすで語つた。

「明日、午後四時に、イギリスの大探偵シャーロック・ホームズ、何でも見ぬくことができるシャーロック・ホームズが拙宅に来られます」

人々はどつと声をあげた。シャーロック・ホームズがチベルメニルに？　ほんとうだろうか？　ではアルセーヌ・ルパンは、実際にこの地方にいるのか？

「アルセーヌ・ルパンとその一味は、遠くへは行つていません。カオルン男爵事件は言うまでもなく、モンティニー、グリュシェ、クラヴィルの強盗事件は、この国民的な盗人でなくてだれのしわざでしょう？　こんどは、わたしのねらわれる番です」

「では、カオルン男爵のときと同じように、予告されているんですか？」

「同じ手では、二度と成功しませんよ」

「それでは？」

「それで？　こうなんですよ」

　彼は立ち上り、書棚の上の二冊の大型の二折判本のあいだのわずかなすきまを指でさした。

「あそこに《チベルメニル年代記》という、十六世紀の本があつたのです。それは、ローマ人の城塞のあとにロロン公が建てたときからのこの城の歴史でした。それには三枚の図版が付いていました。一枚は領地全体の鳥瞰図、二枚目は建物の見取図、三枚目は——この点を注意していただきたいのですが——地下道の設計図で、その出口の一つは城壁の外側に通じ、もう一つはここ、そうです、わたしたちが今いるこの部屋に通じています。ところで、この本は先月からなくなつているのです」

「おやおや」と、ヴェルモンが言つた。「それは悪い前兆です。ただ、シャーロック・ホームズを呼ぶにしては、少し理由が不足してますね」

「たしかにそうです。もし別の事実が起らなかつたら、それだけでは足りなかつたでしよう。しかし、もう一つの事実が、今お話したことの意味をはつきりとさせたのです。国立図書館に、この年代記がもう一部ありましたが、それらの二冊は、地下道に関するこまかい点でことなつているのです。たとえば、縦断面図とか、比例尺などの制定、その他、いろいろな付註といつた点ですが、それらは印刷されていなくて、インクで書かれてあり、ところどころ消えていました。わたしはそのことを知つていましたし、また、この二枚の図面を丹念にくらべてみなければ、完全な見取図はできないことも知つていました。ところが、わたしの本がなくなつた日の翌日、国立図書館の本を借り出した者があり、どういうぐあいにして盗まれたかわからないが、いつのまにか持ち去られてしまつたのです」

　この話をきいて、ざわめきが起つた。

「今度こそ、事は重大だぞ」

「それで、今度は」と、ドヴァーヌが言つた。「警察がおどろいて、両方を調査しましたが、全く手がかりがつかめません」

「アルセーヌ・ルパンの事件はみんなそうですね」

「まつたくそうです。そこでわたしは、シャーロック・ホームズに協力を求めることを思いつきました。ホームズは、アルセーヌ・ルパンを相手にするなら、ぜひともやつて見たいと返事してくれました」

「アルセーヌ・ルパンにとつて、なんという光栄だろう！」と、ヴェルモンは言つた。「しかし、あなたのいわゆる国民的な盗人が、もしもチベルメニルに対して何もたくらみをもつていないとすれば、シャーロック・ホームズもたいくつしないでしょうか？」

「ほかにもホームズの興味をとてもひくことがあるんです。地下道の発見ということが」

「何ですつて、あなたは一つの入口は城の外に、もう一つはこの部屋に通じているとおつしやつたでしょう！」

「どこに？　この室内のどの場所にですか？　図面の上の地下道の線は、なるほど《T・G》という頭文字のついた小さい円のところにつながつており、T・Gはたしかにギヨーム塔にちがいないでしょう。しかし塔は丸いので、その丸のどの部分につながるのかわからないのです」

ドヴァーヌは二本目の葉巻に火をつけ、ベネディクティーヌ酒を一杯ついだ。人々は彼に質問を浴せかけた。彼は興味をひきおこしたことに満足して、にこにこしていた。とうとう彼は口を開いた。

「秘密は失われました。世界でだれ一人としてそれを知つている人はありません。伝説によれば、領主たちは親子代々、臨終の床でその秘密を伝えたということですが、最後のジョフロアは、大革命二年のテルミドール七日、十九才で断頭台の露と消えたのです」

「しかし一世紀前から、ずいぶん探したことでしょうね？」

「探しましたが、だめでした。わたし自身も、コンヴァンシヨン（フランス大革命の国民議会）議員ルリブールの子孫からこの城を買い取つたとき、調査させましたが、むだでしたよ。この塔は水にかこまれていて、ただ一個所だけで城とつながつていますから、したがつて地下道は、この昔の濠の下を通つていると考えなければいけません。国立図書館の図面も、階段が四つあり、合計して四十八段になつていることからしても、十メートル以上の深さがあると考えられます。事実、問題はここ、つまり、この床とこの天井と、この壁にあるのですが、正直なところ、こわすのもなんですからね」

「手がかりは全然ないのですか？」

「全くありません」

ジェリス師が反対した。

「ドヴァーヌさん、二つの引用を信用すべきだと思いますね」

「おやおや！」と、ドヴァーヌは笑いながら叫んだ。「司祭さんは古文書の研究家で、記録をずいぶんと読んでいらつしやる。そして、チベルメニルに関することなら、どんなことにも夢中になるのです。しかし、司祭さんがお話しになる説明は、問題をこんがらからせるばかりですよ」

「それでも」

「皆さんご希望なんですか？」

「とても」

「それでは申しますが、司祭さんの研究の結果、フランスの国王二人が謎の鍵を持つていたことがわかつたのです」

「国王二人！」

「アンリ四世とルイ十六世です」

「それは大物ですよ。司祭さんはどうしてそれをご存じなのですか？」

「いやあ！　しごくかんたんですよ」と、ドヴァーヌはつづけた。「アルクの闘いの前々日、アンリ四世はこの城に来て夕食をとり、泊りました。夜の十一時に、ノルマンディー第一の美女ルイーズ・ド・タンカルヴィルが、エドガール公の手引によつて、地下道をとおつて王のもとへつれこまれました。そのとき、エドガール公がこの家の秘密をもらしたのです。その秘密をアンリ四世は後になつて、大臣のスュリーにもらし、スュリーは彼の『王室経済覚書』という著書のなかで、その逸話を物語り、次のような不可解な文章以外には何らの註釈もつけなかつたのです。

《斧はおののく空中に旋回すれど、翼は開かれ、人は神にまで行く》」

だれも口を開くものがなかつたので、ヴェルモンが冷笑した。

「一目瞭然というわけにはいきませんね」

「そうでしよう？　司祭さんのお考えでは、スュリーは覚書を書き取らせた書記に秘密がもれないように、こうした謎の言葉を語つたというのです」

「それはうまい仮定ですね」

「それは認めます。しかし、旋回する斧だとか、飛ぶ鳥だとか、なんでしようかね？」

「神にまで行くとはなんでしよう？」

「わからない！」

ヴェルモンがつづけた。

「それにあのお人好しのルイ十六世も、やつぱり婦人の訪問をうけるために地下道をあけさせたのですか？」

「それは知りません。ただわかつているのは、ルイ十六世が一七八四年にチベルメニルに滞在したこと、ガマンの報告によつてルーヴルで発見された有名な鉄の戸棚の中に、ルイ十六世が書いた《チベルメニル、二―六―一二》という文句が書かれた紙片が入つていたことだけです」

オラース・ヴェルモンはふきだした。

「万才！　秘密はだんだんわかつてきた。二かける六は、十二です」

「あなたがどんなにお笑いになつても」と、司祭が言つた。「解決がこの二つの引用のなかに含まれていることに変りはありません。そしていつかは、だれかがこれを解いてくれるでしよう」

「まずシャーロック・ホームズですな」と、ドヴァーヌが言つた。「アルセーヌ・ルパンに先を越されないかぎりはね。ヴェルモン君、どう思いますか？」

ヴェルモンは立ちあがり、ドヴァーヌの肩に手をかけて言つた。

「お宅の本と図書館の本とが供給するデータには、いちばん大事な点が欠けていましたが、あなたはご親切にもそれを教えてくれました。感謝いたします」

「それで？」

「それで、斧が旋回し、鳥が飛び去り、二六の十二ですから、ぼくはもう出かけるだけです」

「すぐにですか？」

「すぐにです！　今晩、つまりシャーロック・ホームズが到着する前に、ぼくはあなたの城に押入らなくてはならないんでしょう？」

「それでは、急ぐわけですね。お送りしましょうか？」

「ディエップまで？」

「ディエップまで。ついでに、夜半の汽車で着くダンドロール夫妻と、彼らの友人の娘とを迎えてつれてきましょう」

それからドヴァーヌは、将校たちにむかってつけ加えた。

「それに、みなさん、明日も昼食にここへお集り下さいますね？　そのつもりでいますよ。なにしろ、この城は、十一時にはあなたがたの連隊に包囲され、突撃されるはずですからね」

この招待は受け入れられ、人々は別れた。まもなく一台の金星号二〇三〇が、ドヴァーヌとヴェルモンをディエップ街道に運んでいた。ドヴァーヌは画家をカジノの前でおろし、駅に向つた。

夜半に彼の友人たちは汽車をおりた。十二時半には、自動車はチベルメニルの門をくぐつた。一時に、サロンで軽い夜食をとつてから、めいめい引きさがつた。あかりはひとつひとつ消えていつた。夜の深い沈黙が城を包んだ。

しかし、雲におおわれていた月が姿を現わし、二つの窓からサロンに白い光をそそいだ。それは、ほんのわずかな間だつた。月はすぐに丘のかげにかくれた。そして暗くなつた。闇が深まるとともに沈黙もいつそう深くなつた。ときどき、家具のきしむかすかな音や、古い塀を緑の水で洗つている池で、葦がざわめく音が沈黙をみだすだけだつた。

柱時計は無限に秒をきざんでいた。それは二時を打つた。それからまた、夜の重苦しい静寂のなかで、秒をきざむ音があわただしく単調につづいた。それから三時が鳴つた。

すると、とつぜん、何か音がした。列車の通過するとき、シグナルが開いて落ちるような音だつた。そして、細い光線がサロンのあちらこちらを照らし、それが光の尾を後に引く矢のように見えた。それは、右手に書棚の頂上がもたせかけてある装飾柱の中央の縦溝から発していた。はじめは、反対側の羽目板の上で、光る円を描いて動かないでいたが、やがて、闇をさぐる不安げな視線のように、あちこちに動きまわつた。それから消えてまた光り、そのあいだに書棚の一部分が回転して、円天井のような形をした大きな口が現われた。

懐中電灯を手にした一人の男が入つてきた。次に第二、第三の男が、綱の束やいろいろな道具を持つて現われた。第一の男は、室内をしらべ、耳をすまし、それから言つた。

「仲間を呼べ」

仲間のうち、八人が地下道からやつてきた。精力的な顔をして、がつしりした壮漢たちである。荷物運びが始まつた。

それはすばやかつた。アルセーヌ・ルパンは家具から家具へと調べまわり、その大きさや芸術的価値に応じて、容赦したり、命令したりした。

「持つて行け！」

すると、その品物は持ち上げられ、トンネルの大きな口にのみこまれ、地下に送り出された。

こうして、ルイ十五世式の長椅子六脚と椅子六脚とが盗みとられた。オービュソンの絨毯、グーティエールの名入りの燭台、フラゴナールの絵二枚、ナティエ一枚、ウードン作の胸像一点、その他小さい彫像。ルパンはときどき、みごとな櫃やすばらしい絵の前に立ちどまつて、ためいきをついた。

「これは、重すぎる……大きすぎる……残念だ！」

そして彼は鑑定をつづけた。

四十分間で、サロンは、アルセーヌの言葉によれば《片づけ》られた。しかもそれは、この男たちの動かすすべての品物が厚い綿で包まれているかのように、少しも音を立てないで、みごとな秩序の下におこなわれたのである。

それから彼は、ブールの署名入りの飾り櫃を運んで最後に出て行く男に言つた。

「もうもどつてこなくてよい。いいか、トラックに積んだらロクフォールの納屋まで走れ」

「だが親分、あんたは？」

「オートバイを残しておいてくれ」

男が出て行くと、彼は書棚の動く片隅を押しもどし、それから移動したあとや足跡を消し、扉のカーテンを持ちあげ、塔と城とをつないでいる陳列室に入つた。その真中にガラス箱があつた。アルセーヌ・ルパンが調査をつづけたのは、そのガラス箱のためだつた。

その箱には、すばらしいものが入つていた。時計やタバコ入れ、指輪、帯飾り、みごとな細工をしたミニアチュアなど。彼はピンセットで錠前をあけた。これらの金銀の装身具や、精巧な小美術品を手にするのは、彼にとつてかぎりない喜びだつた。

彼はこうした掘出し物用のために特に用意しておいた布の大袋を肩にかけていた。彼はそれをいつぱいにした。上着、ズボン、チョッキのポケットもいつぱいになつた。それから彼は、昔の人たちがきわめて珍重し、現代の流行も熱心に求めている、あの真珠の髪飾りの束に手をのばした……そのとき、かすかな物音が耳を打つた。

彼は耳をかたむけた。まちがいない、音ははつきりしてきた。

するととつぜん、彼は思い出した。陳列室の端には階段があり、それがいままで使われていなかつた部屋、しかし今晩は、ドヴァーヌがディエップに迎えに行つたダンドロール夫妻と同行の娘が泊つている部屋につづいていたのである。

彼は、すばやく電灯を消した。彼が窓際に行きつくとすぐに、階段の上でドアがあき、かすかな光が室内をてらした。彼は――カーテンの陰にかくれていて、少しも見えなかつたから――だれかが上の方から用心しながらおりて来るように感じた。途中でとまつてくれればいいがと思つたが、おりてきて、室内に数歩ふみだした。しかしその人は叫び声をあげた。きつと、ガラス箱が破られ、ほとんどが空になつているのを見つけたのだろう。

彼は匂いで、それが女性だとわかつた。彼女の服は、彼がかくれているカーテンにほとんどすれすれだつた。彼はその女の心臓の鼓動がきこえるような気がした。女のほうでも、うしろの闇のなかの手のとどくほどの近くに他の人間がいることを感づいていた。彼は思つた。《彼女はこわがつている……行つてしまうだろう。行かないはずがない》ところが女は行つてしまわなかつた。彼女の手のなかのろうそくのふるえがとまつた。女はふりかえり、しばらくためらい、おそろしい沈黙に耳をかたむけていたようだつたが、やがていきなりカーテンをあけた。

二人は顔を見合せた。

アルセーヌはびつくりしてつぶやいた。

「あなた……あなたですか……お嬢さん」

それはミス・ネリーだつた。

ネリー嬢！　大西洋航路の婦人客、あの忘れられない航海中に、この青年と夢をわかちあつた女性、彼の逮捕に立会い、彼を裏切るよりは、むしろ彼が宝石と紙幣とをかくしておいたコダックを、海中に投げすてるというみごとな行為をやつてのけた女性……ミス・ネリー！　長い獄中のつれづれに、その面影により彼を悲しませたり、喜ばせたりした、あの愛らしき女性！

偶然というものはまことに不思議なもので、この城で、しかもこんな夜ふけに、二人をひき合せたのであつた。二人は身動きもせず、一言も口にしないで、たがいに相手の思いがけない出現によつて催眠術をかけられたかのように、ぼう然としていた。

ミス・ネリーは、興奮のあまりよろめいて、腰をおろさずにはいられなかつた。

彼は彼女の前に立つていた。そしてしだいしだいに、腕に骨董品をかかえ、ポケットをふくらませ、はちきれるほど袋につめこんでいる自分の姿が、相手にどんな印象をあたえるかを意識した。彼はとても狼狽した。現行犯を見つけられた盗賊の、あさましい恰好をしているのを考えて、顔を赤らめた。今後は、どんなことがあつても、彼は彼女にとつて、泥棒なのだ、他人のポケットに手を入れたり、戸をこじあけて忍びこむ人間なのだ。

時計がひとつ絨毯の上にころがつた。またもうひとつ。さらにほかの品物も腕からすべりおちそうになつたが、彼はそれらをどうして押えていいかわからなかつた。そこで彼は、とつぜんに決心して、品物の一部を長椅子の上にぶちまけ、ポケットも袋も空にした。

すると彼は、ネリーの前で少しは気がらくになり、話しかけようとして彼女のほうへ一歩ふみだした。しかし彼女は後ずさりをし、怖気づいたように急に立ちあがり、サロンのほうへあわてて立ち去つた。ドアがしまつたが、彼は彼女に追いついた。女はどきまぎし、ふるえていた。彼女の目は、荒された広間をおびえながら見つめていた。

　やがて彼は言つた。

「明日の三時には、全部もとどおりにします……家具は返します……」

　彼女は答えなかつた。彼はくりかえした。

「明日、三時に、約束します……どんなことがあつても必ず約束を守ります……明日、三時に……」

　長い沈黙が二人の上にのしかかつた。彼はその沈黙を破ることができなかつた。娘が心を動かされていることに、彼は言いようのない苦しみを感じた。彼はしずかに、何も言わないで遠ざかつた。

　そして彼は考えた。

「行つてくれたらいいのに！……勝手に行つてくれればいいが！……ぼくを怖がらないでくれ！」

　しかしとつぜん、彼女はふるえはじめ、どもりながら言つた。

「おききなさい……足音が……歩いているのがきこえます……」

　彼はおどろいて彼女を見つめた。女は危険が近づいたかのようにうろたえていた。

「何もきこえませんが」と、彼は言つた。「しかし……」

「何ですつて！　逃げなくては……早く、お逃げなさい……」

「逃げるつて……どうして？」

「逃げなくては……逃げなくては……あぁ！　いてはいけません……」

　彼女は一直線に陳列室の一個所まで走つて行つて耳をすませた。いや、だれもいない。もしかしたら、音は外からきこえたのだろうか？……彼女はしばらく待ち、それから安心してもどつてきた。

　アルセーヌ・ルパンは消え失せていた。

　ドヴァーヌは城が荒されたのを見るとすぐに、考えた。この仕事をやつたのはヴェルモンであり、ヴェルモンはアルセーヌ・ルパンに他ならないと。こうすればすべての説明がつくし、またほかには説明のしようがなかつた。もつとも、こうした考えは、彼の頭をほんの少しかすめただけである。それほど、ヴェルモンがヴェルモン、つまり有名な画家であり、彼の従弟デストヴァンのクラブ友だちでないということは、ありえないことのように思われた。そこで、憲兵隊の班長が知らせをうけてとんで来たとき、ドヴァーヌはそのばかげた仮定を班長に伝える気にはならなかつたのである。

午前中、チベルメニルでは、まつたく右往左往のありさまだつた。憲兵、田園監視人、ディエップの警察署長、村の住民、こういう人たちが廊下や庭や城のまわりを動きまわつていた。演習中の部隊の接近、小銃の音などがことさらその場面を派手なものにした。

最初の調査は何らの手がかりもあたえなかつた。窓は破られていないし、戸もこわされていなかつたから、運び出しが秘密の出口からおこなわれたのは疑いなかつた。ところが、絨毯の上には足跡ひとつないし、壁には何らの異常もみとめられない。

ただひとつ意外なことがあつたが、それはアルセーヌ・ルパンの独自の手口を示していた。それは、例の十六世紀の年代記がもとの場所にもどつており、その隣りに、それと似ている国立図書館でぬすまれた本がならんでいたことである。

十一時になると将校たちがやつて来た。ドヴァーヌは彼らを上機嫌で迎えた。美術品が盗まれたといつても、不機嫌にならなくてもいいほど彼は財産を持つていたのである。友人のアンドロールとネリーもおりてきた。

紹介がおわると、客が一人足りないことがわかつた。オラース・ヴェルモンである。彼は来ないのだろうか？

彼が欠席すれば、ジョルジュ・ドヴァーヌは彼をあやしく思つただろう。しかし正午きつかりに、彼は姿を現わした。ドヴァーヌは叫んだ。

「いいぞ！　よく来たね！」

「几帳面でしょう？」

「そうだ。しかし君は几帳面にできなかつたかもしれないね……あんな大騒ぎの夜のあとだからね！　ニュースは聞いたんでしょう？」

「どんなニュースですか？」

「君が城を荒したという」

「おやおや!」

「ほんとうなんですよ。だが、とにかくまずアンダーダウン嬢に腕を貸して、食卓についてください……お嬢さん、こちらは……」

彼は娘の困つたようなようすにおどろいて、言葉をとぎらせた。それから、急に思い出して、

「なるほど、そう言えばたしか、あなたは、以前に……アルセーヌ・ルパンが逮捕される前に……彼と一緒に旅行なさつたことがありますね……よく似てるので、びつくりなさつたのでしよう?」

彼女は答えなかつた。彼女の前で、ヴェルモンは微笑していた。彼はからだをかがめ、彼女は彼の腕をとつた。彼は女を席に案内し、彼女の正面にすわつた。

食事のあいだ、話題はアルセーヌ・ルパンのこと、ぬすまれた家具のこと、地下道のこと、シャーロック・ホームズのことでもちきりだつた。食事のおわりごろになつて、話題がほかにうつつたとき、はじめてヴェルモンが会話にくわわつた。彼は、ときには冗談を言うかと思うと真面目な話をしたり、雄弁になつたかと思うと、しやれを言つたりした。そして、彼が口にすることはすべて、ただあの娘の興味をひくためであるように思われた。しかし、彼女は何か考えこんでいて、全く聞いていないようだつた。

コーヒーは、正面広場及び玄関わきのフランス風の庭を見おろすテラスで出された。芝生のまんなかでは軍楽隊が演奏をはじめ、農民や兵士の群れが庭の小道に集つていた。

そのあいだに、ネリーはアルセーヌ・ルパンの約束を思い出していた。《三時には、全部返します。約束しますよ》

三時に! 城の右翼を飾つている大時計の針は、二時四十分をさしていた。彼女は知らず知らずのうちに、たえずその針を見つめていた。それから、安楽そうな揺り椅子で平気な顔をしてからだをゆすぶつているヴェルモンを見つめた。

二時五十分……二時五十五分……苦悩のまじつた一種の焦燥に娘の胸はしめつけられた。あの奇跡は実現されるだろうか、しかも正確な時刻に実現されるだろうか? 城にも庭にも野原にも、人がいつぱいいるのだし、いま現在も検事や予審判事が調査をすすめているというのに?

それでも……それでもアルセーヌ・ルパンは、あんなに堂堂と約束したのだ！　彼女は、この男のなかにあるエネルギー、威厳、自信に圧倒されて、きつと彼が言つたようになるだろうと考えた。そしてそれは、奇跡としてではなく、ことの当然のなりゆきからおこる自然な事件のように思われた。

一瞬、二人の視線が合つた。彼女は赤くなつて顔をそむけた。

三時……第一の鐘が鳴つた、第二、第三……オラース・ヴェルモンは懐中時計をとりだし、大時計を見あげ、それから懐中時計をポケットにしまつた。数秒がすぎた。すると、芝生のまわりの群集が動いて、庭の門をくぐつてきた二台の馬車に道をあけた。どちらも二頭立てだつた。それは連隊のあとについて、将校の行李や兵隊の雑嚢をはこぶ輸送馬車だつた。馬車は踏段の前でとまつた。一人の給養係りの軍曹が座席からとびおりて、ドヴァーヌ氏に面会を求めた。

ドヴァーヌは走りでて、階段をおりた。雨覆いの下に、ていねいに荷造りされた彼の家具や絵や美術品がきちんと並んでいるのが見えた。

給養係りは質問に答えて、副官から受取つた命令書を示した。副官はその朝、報告をうけていたのである。この命令によつて、第四大隊の第二中隊は、アルクの森のアルーの辻においてあつた家具類を、チベルメニルの城の所有者ジョルジュ・ドヴァーヌ氏のところへ、三時に届けることになつたのである。署名は、ブーヴェル大佐とあつた。

「四つ辻には」と、軍曹は付けくわえて言つた。「全部すつかり用意して芝生の上にならべてありました。番人は……だれもいませんので、おかしいと思いましたが、命令なんですから」

将校の一人が署名をしらべた。とてもよく似ていたが、にせだつた。

軍楽隊は演奏を中止し、輸送馬車の荷物はおろされ、家具はもとのところへもどされた。

このさわぎのなかで、ネリーはただひとりテラスの端に残つていた。彼女はどうにも整理のつかない混乱した考えに心を乱されて、深刻な不安を感じていた。とつぜん、彼女はヴェルモンが近づいてくるのを見た。彼女は彼をさけたいと思つたが、テラスの両側はてすりにかこまれており、オレンジ、夾竹桃、竹などの大きな鉢植えがあつて、青年の来る道以外には、どこにも逃げ道がなかつた。彼女はじつとしていた。太陽の光が、竹のかぼそい葉にゆれながら、彼女の金髪の上にそそいでいた。だれかがとても低い声で言つた。

「ぼくは昨夜の約束を守りました」

　アルセーヌ・ルパンが彼女のそばにいた。二人の近くにはだれもいなかつた。

　彼はためらいがちな素振りで、おどおどした声でくりかえした。

「ぼくは昨夜の約束を守りました」

　彼は感謝の言葉を、いや少くとも、彼女がこの行為に対して関心を持つているということを証明するような身振りだけでも、期待していた。しかし彼女は何も言わなかつた。

　この軽蔑はアルセーヌ・ルパンをいらだたせた。それと同時に、彼は彼女が真相を知つてしまつた今となつては、二人のあいだのへだたりを強く意識した。彼は自己弁護をし、言訳をならべ、自分の生活が冒険にみち、偉大であることを示したいと思つた。しかし、その前に言葉がつまり、どんなに説明してもむだでありまた礼を失するように感じた。そこで彼は、思い出にひたりながら、悲しげにつぶやいた。

「ずいぶん昔のことになりましたね！　プロヴァンス号の甲板ですごした長い時間をおぼえていますか？　ほら……あなたは今日のように、ばらの花を持つていましたね、それみたいに青白いばらを……ぼくはそれをくださいと言いました……あなたは聞えないようなふりをしていました……それでも、あなたの立ち去つたあとに、そのばらがありました……きつとお忘れになつたのでしょう……ぼくはそれを大切に持つていました……」

　彼女はまだ返事をしなかつた。まるで彼からずつと遠いところにいるみたいだつた。彼はつづけた。

「あのときのことに免じて、あなたがご存じのことを考えないでください。過去を現在に結びつけてください。ぼくを昨夜ごらんになつたような人間ではなく、昔の人間だと思つてください。そして、一瞬でもよろしいから、昔のようにぼくを見つめてください……おねがいです……ぼくはもう昔のぼくではないでしようか？」

彼女は求められるままに、目をあげ、彼を見つめた。それから、何も言わずに、人さし指にはめていた指輪に、手をかけた。台だけしか見えなかつたが、内側にまわしてあつた石は、みごとなルビーだつた。

アルセーヌ・ルパンは顔を赤らめた。その指輪はジョルジュ・ドヴァーヌのものだつたのである。

彼はにがにがしく笑つた。

「あなたのお考えはまつたく正しいです。過去は永久に消えることはないでしよう。アルセーヌ・ルパンはアルセーヌ・ルパンであり、それ以外のものにはなりえません。そして、あなたとルパンとのあいだには、思い出すらありうるはずはないのです……許して下さい……ぼくがあなたのそばにいるということだけでも、失礼なことであるのを、ぼくは理解すべきだつたんです」

彼は帽子を手に持つて、てすりにそつて立ち去つた。ネリーが彼の前を通つた。彼は彼女をひきとどめて哀願したいと思つた。しかし彼にはその勇気がなかつた。そして、昔彼女がニューヨークの波止場で、タラップを通つていつたときしたように、彼女を目で見送るだけだつた。彼女はドアにつづく階段を上つた。しばらくのあいだ、彼女の優雅なうしろ姿が、玄関の大理石のあいだに見えたが、やがてそれも見えなくなつてしまつた。

太陽が雲のなかへ入つた。アルセーヌ・ルパンは身動きもしないで、砂の上にのこされた小さな足跡を見つめていた。とつぜん、彼は身ぶるいした。ネリーがもたれかかつていた鉢植えの竹の下に、ばらの花がおちていた。彼がどうしてもくれと言えなかつた、あのばらの花が……あれもやはり、きつと忘れていつたのだろう。しかし、わざと忘れたのだろうか、それとも何気なく忘れたのだろうか？

彼はそれをしつかりと握りしめた。花びらが散つた。彼はまるで遺品のように、それを一枚一枚拾つた……

「さあ」と、彼は考えた。「ここではもう、何もすることがない。ましてや、シャーロック・ホームズが割りこむからには、悪くなる一方だろう」

庭には人影がなかつた。しかし、入口に面した亭のそばには、憲兵の一隊が立つていた。彼は木立のなかに入り、塀によじのぼり、いちばん近くの駅に行くために、畑のなかを通つている小道をすすんだ。十分ほども歩かないうちに、両側が土手にはさまれて道がせまくなつた。彼がその隘路にさしかかつたとき、だれかが反対の方からやつて来た。

それはかなりがつしりとした五十がらみの男で、ひげをきれいにそり、服装から見て外国人らしかつた。手には重そうなステッキを持ち、首には鞄をさげていた。

二人はすれちがつた。外国人は、ほんの少しイギリスなまりのある口調で言つた。

「ちよつとおたずねしますが……城へ行く道はこれでよろしいでしょうか？」

「まつすぐ行きなさい。塀につきあたつたら左へまがるのです。みなさん、お待ちかねですよ」

「へえ！」

「そうですよ。友人のドヴァーヌが、昨夜からあなたのおいでになるのを知らせてくれたんです」

「ドヴァーヌさんのおしやべりには困りますな」

「ぼくは、あなたに真先に挨拶できて幸いです。シャーロック・ホームズには、ぼくよりも熱烈な崇拝者はいませんからね」

彼の声には、ほんの少し皮肉な調子がまじつていた。彼はすぐにそれを後悔した。というのは、シャーロック・ホームズは彼を足のさきから頭のてつぺんまで見つめたが、その鋭い視線には、アルセーヌ・ルパンは、どんな写真機によるよりも、ずつと正確に見ぬかれたような気がしたからである。

「ネガはとられた」と、彼は考えた。「もうこの男には変装をしてもはじまらない。ただ……おれだということがわかつたろうか？」

二人は挨拶した。しかし、足音がきこえてきた。金属のかちかちする音をたてながら走つてくる馬の足音である。憲兵隊だ。二人は蹴とばされるのをさけるために、土手の草のなかにへばりつかなければならなかつた。憲兵隊はとおりすぎた。かなりの時間がかかつたから、相当長い隊列だつた。ルパンは考えていた。

「すべてはこの問題にかかつている。おれは見破られただろうか？　もしそうなら、奴はそれを利用する危険が多いだろう。深刻な問題だな」

憲兵の最後の馬が通りすぎると、シャーロック・ホームズは立ちあがり、何も言わないで服のほこりをはらつた。彼の鞄の負革には、いばらの枝がくつついていた。アルセーヌ・ルパンはていねいにそれをとつてやつた。二人はもう一度、しばらくのあいだ相手を観察し合つた。もしだれかがそのときの二人を見たとしたら、この二人の強豪の初対面は、すばらしい見ものだつたろう。二人とも真に秀れた人物で、それぞれ人並みはずれた才能をもつていたために、互角の力をもつて衝突するように運命づけられていたのである。

やがて、イギリス人が言つた。

「どうもありがとう」

「どういたしまして」と、ルパンが答えた。

二人は別れた。ルパンは停車場へ、シャーロック・ホームズは城へと向つた。

予審判事と検事は、むなしい捜査をすませて帰つてしまつた。人々は、シャーロック・ホームズの評判を知つていたので、当然の好奇心をいだいて彼の到着を待つていた。ホームズがふつうの人と変りないようすをしていたので、人々は少し失望した。彼らが想像していた姿とはあまりにもかけはなれていたのである。ホームズには、小説の主人公とか、シャーロック・ホームズという名から思いうかべられる謎のような、悪魔じみた人物らしいところは、全くなかつた。それでもドヴァーヌは、元気な声で叫んだ。

「先生、とうとうおいでくださいましたね！　よかつたです！　もう長いことお待ちしてたんです……わたしは、これまで起つたことを幸福に思うくらいですよ。だつて、そのためにあなたにお会いできたんですからな。ときに、何でおいでになりましたか？」

「汽車ですよ！」

「残念でしたね！　プラットフォームに自動車をさし向けておきましたのに」

「公式のお迎えですね？　鳴物入りで！　わたしの仕事をや

りやするには結構な方法ですな」と、イギリス人は皮肉を言つた。

　この不機嫌な口調にドヴァーヌはうろたえ、冗談を言おうとしながら、

「さいわい、仕事の方は、お知らせしたよりも容易ですよ」

「なぜです？」

「昨夜、盗みが行われたからです」

「あなたがわたしの来ることをお話しにならなかつたら、犯行は昨夜は行われなかつたでしように」

「では、いつでしようか？」

「明日か、それよりあとです」

「そのときは？」

「ルパンはわなにかかつたでしよう」

「それでわたしの家具は？」

「盗まれなかつたでしよう」

「家具はここにあります」

「ここに？」

「三時に返されたんです」

「ルパンに？」

「二台の糧食車によつてです」

　シャーロック・ホームズは、いきなり帽子を深くかぶり直し、鞄をかけ直した。ドヴァーヌが叫んだ。

「どうなさるんです？」

「帰ります」

「なぜですか？」

「あなたの家具はあり、アルセーヌ・ルパンはいない。わたしの仕事は終りましたよ」

「でも、わたしはぜひとも、あなたのご助力を必要とするのです。昨日おこつたことは、また明日にもおこるかもしれません。というのは、いちばん大事なことがわかつていないのですから。いかなる方法でアルセーヌ・ルパンは侵入したのか、どんなふうにして彼は出て行つたのか、また、どうして数時間後に、品物を返したかというような」

「へえ！　ご存じない……」

　発見すべき秘密があるという考えが、シャーロック・ホームズの気分をやわらげた。

「よろしい。さがしましょう。しかし、早くしましょう。できるだけ二人きりで」

この言葉は明らかに列席者たちに向けられたものだつた。

ドヴァーヌは理解して、このイギリス人を、サロンに案内した。ホームズは、ぶつきらぼうな口調で、前もつて用意しておいたような文句で、しかもきわめて口数すくなく、昨日の夕方のことについて、そこに集つていた客について、城の常連の客について、いろいろと質問した。それから彼は、二冊の年代記をしらべ、地下道の図面を比較し、ジェリス師が指摘した引用文をくりかえさせて、次にたずねた。

「あなたがはじめて、その二つの引用文を口になさつたのは、昨日なのですね？」

「昨日です」

「オラース・ヴェルモン氏には、それ以前には決してお話しにはならなかつたのですね？」

「決して」

「よろしい。自動車を呼んでください。一時間後には出かけます」

「一時間後に！」

「アルセーヌ・ルパンにしたつて、あなたが提出なさつた問題を解くのに、それ以上の時間をかけなかつたんですよ」

「わたしが！……彼に問題を提出……」

「そうですよ。アルセーヌ・ルパンとヴェルモンとは同一の人物ですよ」

「わたしもそうじゃないかと……ああ！　ちくしよう！」

「ところが、昨夜の十時に、あなたはルパンが数週間前から探していたのに見つからなかつた秘密の鍵を渡してしまわれたのです。そこで、ルパンは夜のあいだに秘密を解き、仲間を集めて盗みだすことができました。わたしでも、そのくらい早くできる自信がありますよ」

彼は考えながら、室内を歩きまわつた。それから腰をおろし、長い足を組み、目をとざした。

ドヴァーヌはいささか困つて待つていた。

「眠つているのかな？　考えているのかな？」

万一のことを考えて、彼は命令をあたえるために出て行つた。彼がもどつてきたとき、ホームズは陳列室の階段の下にひざまずいて、絨毯をしらべていた。

「どうしたんですか？」

「ごらんなさい……ここを……このろうそくのしみを……」

「おや、なるほど……真新らしい……」

「階段の上にもありますし、アルセーヌ・ルパンが破つたこのガラス箱のまわりには、もつとたくさんありますよ。彼はこの中の品物を持ちだして、この長椅子の上においたのです」

「それで結論は？」

「何もありません。こうしたことはきつと、彼が品物を返したということの説明になるでしょう。しかし、こんな問題は研究しているひまがありません。大切なのは、地下道のことです」

「あなたのお考えはやはり……」

「考えではありません。知つているのです。城から二、三百メートルのところに、礼拝堂があるでしょう？」

「こわれた礼拝堂です。そこにロロン公の墓があります」

「運転手に言つて、その礼拝堂のそばで待たせておいてください」

「運転手はまだ帰つていません。知らせがあるはずですが……でも、あなたのお話では、地下道が礼拝堂につづいているとお考えのようですね。どういう手がかりで……」

シャーロック・ホームズは彼の言葉をさえぎつた。

「すみませんが、梯子と電灯を貸してください」

「えつ！　電灯と梯子がお入用なんですか？」

「もちろん、必要だからおたのみしているんです」

ドヴァーヌはいくらかあわてて、ベルを鳴らした。二つの品が運ばれてきた。

すると、軍隊の号令のように厳格で正確な命令が、次から次へと下された。

「この梯子を書棚にかけてください。チベルメニルという文字の左側に……」

ドヴァーヌは梯子をかけた。するとイギリス人はつづけて言つた。

「もつと左……右……よし！　上つて……よろしい……その文字はみんな浮彫でしょうね？」

「そうです」

「Hという字を見て下さい。どちらかへ廻りますか？」

ドヴァーヌはHという字にさわつて、叫んだ。

「ええ、廻ります。右に、円《えん》の四分の一だけ！　どうしてわかつたんですか？」

シャーロック・ホームズは返事をしないでつづけた。

「あなたのいるところから、Rの字にとどきますか？　そう……かんぬきを動かすときみたいに、何度も動かしてみてください」

ドヴァーヌはRの字を動かした。彼が仰天したことに、それは内側からはずれた。

「よろしい」と、シャーロック・ホームズは言つた。「もうあとは、梯子を反対側に、つまりチベルメニルの語尾のほうにすべらせるだけです……よし……さて、こんどは、わたしがまちがつていなければ、Lの字が窓のように開くはずです」

ドヴァーヌはいくらかもつたいぶつてLの字にさわつた。Lの字が開いた。しかし、ドヴァーヌは梯子からころげおちた。というのは、書棚のチベルメニルの頭文字と語尾とのあいだのすべての部分がくるりと回転し、地下道の入口が姿を現わしたのである。

シャーロック・ホームズはおちつきはらつて言つた。

「けがはありませんでしたか？」

「いやいや」と、ドヴァーヌは、起きあがりながら言つた。

「けがはありませんが、おどろきましたよ……字が動いて……地下道の口が……」

「それで？　スュリーの引用文と全く一致しているじやありませんか？」

「どうしてです？」

「なあに！　H（アシュ＝斧）は旋回し、R（エール＝空気）はおののき、L（エル＝翼）はひらく……こうしてアンリ四世は、いかがわしい時刻にタンカルヴィル嬢を迎えることができたのです」

「でもルイ十六世は？」と、すつかりおどろいたドヴァーヌがたずねた。

「ルイ十六世は、偉大な鍛冶屋で、巧みな錠前屋でした。わたしは、彼の著書だといわれている《組合せ錠前論》を読んだことがあります。チベルメニル側としては、陛下にこの機械の傑作をお見せするのは、忠良な臣下として行動したことになったわけです。国王はおぼえておくために、二—六—十二と書いておきました。つまり、THIBERMESNIL《チベルメニル》の二番目、六番目、十二番目の文字、HとRとLなのです」

「ああ！　なるほど、わたしにもわかりかけました……ただ、ほら……この部屋から出て行く方法はわかりません。だって、ルパンがどのようにして入れたかがわかりましたが、いいですか、あいつは外から来たんですからね」

シャーロック・ホームズは電灯をつけ、地下道に二、三歩ふみこんだ。

「そら、ここから見ると、からくりは時計のぜんまいを見るように、すっかりわかりますよ。文字がみんな裏返しになっています。だからルパンは、こちら側から動かしさえすればよかったんです」

「証拠は？」

「証拠？　この油のしみをごらんなさい。ルパンは歯車に油をさす必要があることまで見ぬいていたのでしょう」と、シャーロック・ホームズはいささか感心したように言った。

「では彼は、もう一方の出口を知っていたのでしょうか？」

「わたしも知っていますよ。ついてきてください」

「地下道をですか？」

「こわいんですか？」

「いや。でも、たしかに道がわかりますか？」

「目をつぶっていても」

二人はまず十二段おりた。それからまた十二段。さらに十二段を二回。次に二人は長い廊下を進んでいった。廊下の煉瓦の壁は、何度も修理された模様で、ところどころ、水がしみだしていた。土がしめっぽかった。

「池の下を通っているのですね」と、ドヴァーヌは心配そうに言った。

廊下は十二段の階段につきあたった。さらにそれぞれ十二段の階段が三つあり、二人は苦労してそれを上った。上りきると、岩のなかをくりぬいた小さな洞穴になっている。そこで道は行きどまりだった。

「ちくしょう」と、シャーロック・ホームズはつぶやいた。「壁ばかりの行きどまりでは、困つたことになるな」

「もどりましょう」と、ドヴァーヌもつぶやいた。「だつて、これ以上調べる必要はありませんからね。もうわかりましたよ」

　しかし、イギリス人は頭をあげて、安堵の吐息をついた。二人の頭上には、入口のと同じ仕掛けがあつた。三つの文字を動かしさえすればいいのだ。花崗岩のかたまりが動いた。それは、THIBERMESNIL《チベルメニル》という十二字が浮彫されているロロン公の墓石の裏側だつた。こうして二人は、ホームズが予想していた半壊の小さな礼拝堂のなかにいたのである。

「《人は神にまで行く》つまり礼拝堂に行くことですよ」と、ホームズは引用文の終りの部分を説明した。

「あんなに簡単な」と、ドヴァーヌはシャーロック・ホームズの慧眼に、おどろいて叫んだ。「あんなに簡単な文章だけで、よくわかりましたね！」

「なあに！」と、イギリス人が言つた。「あんなものはなくてもよかつたのです。国立図書館の本には、御承知のように、線が左では円につながり、右では十字につながつていたんです。その十字はうすく消えていて、虫めがねでしか見えなかつたのですが。十字はもちろん、この礼拝堂を意味しています」

　ドヴァーヌは、あわれにも自分の耳を信ずることができなかつた。

「おどろくべきことだ、しかも子供らしいくらい簡単さですね！　どうしていままで、この秘密がわからなかつたんでしよう？」

「なぜなら、だれひとりとして、三つ四つの重要な点を結びつけることができなかつたからですよ。つまり、二冊の本と引用文とを……だれも、アルセーヌ・ルパンとわたし以外には」

「しかし、わたしだつて」と、ドヴァーヌは反対した。「それに、ジェリス師も……わたしたち二人とも、あなたと同じくらいのことは知つていたのに……」

　ホームズは微笑した。

「ドヴァーヌさん、だれでも謎を解くことができるわけではありませんよ」

「しかし、わたしは十年も探していたんです。ところがあなたは、十分間で……」

「いや！　習慣ですよ……」

二人は礼拝堂を出た。イギリス人が叫んだ。

「おや、自動車が待っている！」

「あれはわたしのですよ！」

「あなたの？　しかし、運転手は帰っていなかったはずですが……」

「なるほど……おかしいな……」

二人は自動車のところまで行った。ドヴァーヌは運転手を呼んで、

「エドゥアール、だれがここへこいと言ったんだい？」

「それは、ヴェルモンさんですよ」と、運転手は答えた。

「ヴェルモンさん？　じゃ、あの人に出会ったのか？」

「駅の近くでです。礼拝堂まで行くように言われました」

「礼拝堂へだって！　なぜだね？」

「だんな様と……お友だちを迎えに……」

ドヴァーヌとシャーロック・ホームズとは顔を見合せた。

ドヴァーヌが言った。

「彼は、あなたにとって、この謎をとくのはたやすい仕事だということを知っていたのです。しやれた賞讃ですね」

満足の微笑が、探偵のうすい唇をほころばせた。この賞讃が気に入ったのだ。彼はうなずきながら言った。

「相当なものですな。もちろん、一目会っただけでわかりましたよ」

「じゃ、お会いになったんですか？」

「さきほどすれちがいましたよ」

「それであなたは、それがオラース・ヴェルモン、つまりアルセーヌ・ルパンだとおわかりになったのですね」

「いや。しかしすぐあとでわかりましたよ……彼のあの皮肉でね」

「それなのに逃がしたのですか？」

「もちろん、そうですとも……わたしのほうがずっと有利だったんですがね……憲兵が五人も通りかかったので……」

「なんということです！　絶好のチャンスでしたのに……」

「そこなんです」と、イギリス人は誇らしげに言つた。「アルセーヌ・ルパンほどの相手に対しては、シャーロック・ホームズは、チャンスなんか利用したりしないのです……こちらで機会をつくりだすんですよ」

しかし時間が迫つていた。ルパンがまことに親切にも自動車を廻しておいてくれたのだから、さつそく利用しなければならなかつた。ドヴァーヌとシャーロック・ホームズは快適なリムージンの奥に腰をおろして出発した。畑や森が後へ走つていつた。コー地方のなだらかな起伏が、しだいにたいらになつた。とつぜん、ドヴァーヌの目は、道具箱のなかにおいてある小さい包みにひきつけられた。

「おや、何だろう？　包みが！　だれのだろう？　あなたのですよ」

「わたしの？」

「読んでごらんなさい。《シャーロック・ホームズ殿、アルセーヌ・ルパンより》」

イギリス人はその包みをとり、紐をほどき、二枚の包み紙をとつた。それは懐中時計だつた。

「あつ！」と、彼は怒りの身振りをしながら叫んだ。

「時計が」と、ドヴァーヌは言つた。「どうかしたんですか？」

イギリス人は返事しなかつた。

「なんですつて！　あなたの時計ですか！　アルセーヌ・ルパンがあなたの時計を返した！　しかし、返す以上は、盗んでいたのですね……彼があなたの時計を盗んだ！　ああ！　逸品ですね。アルセーヌ・ルパンに盗まれたシャーロック・ホームズの時計！　なんておかしいことだ！　いや、まつたく……失礼しました……しかし、どうにもがまんできないので」

彼は思う存分笑つてから、確信のこもつた口調で、断言した。

「なるほど、なかなかの人物ですな」

イギリス人は、身動きもしなかつた。ディエップに着くまで、地平線をじつと見つめたまま、一言も口にしなかつた。

彼の沈黙は不気味で、不可解で、どんなに烈しい激怒よりも強烈だつた。彼はフォームで、もう怒つている様子もなく、この人物らしい意志とエネルギーとが感じられる口調で、ただ次のように言つただけだつた。

「そうです、彼はなかなかの人物ですよ、ドヴァーヌさん、わたしがこの手で、肩をつかまえてやりたい人物です。そして、いつかは、アルセーヌ・ルパンとシャーロック・ホームズとが再会する日があると思つています……そうです、世界はとても狭いですから、二人が出会わないはずはありません……そして、その日こそは……」

ルパンと作者

中村真一郎

アルセーヌ・ルパンの名は、二十幾つかの文明国で知られているそうである。しかもその知られ方たるやありきたりの知られ方ではない。

今から約五十年前に、フランスの凡庸な一作家によつて発明されたこの人物は、大概の国で、子供たちを大きな底辺とする、厖大な数の大衆に愛され、迎えられているのである。

話を我国だけに限《かぎ》つても、実在人物と仮構人物とを問わず、これだけ多くの大衆に抱擁される幸運に浴したフランス人は、他にいないだろう。ジャンヌ・ダルクといえども、ナポレオンといえども、彼の人気にはかなわない。彼の競争者として、立候補できるのは、わずかに巖窟王だけである。

この人気、しかし半世紀の長い持続を持つ人気は、一体、どこから来るのだろう、と、ぼくは今、自分に訊いてみる。

どこから来るのだろう。何故だろう。——直ちに列挙できる幾つかの理由がある。

たとえば、その魅力のある性格だとか、その超人間的な能力だとか、又、民衆はいつの時代でも、快活な英雄を愛するものだからとか、もう少し凝つた読者には、今日から比べれば、オートバイやカメラや無線電信やなどが、最高の文明的な機関であつた、可愛いような暢気な時代背景の面白さだとか……

しかし、それだけでは、どうして、このルパンが、多分、彼に近い美点の持主であつた多くの他の競争者を退けて、独走しているのかという秘密は、やはり納得がいかない。

もしかすると、案外な話だが、この人物を不朽にしたのは、作者モーリス・ルブランの文学的修練であつたのかも知れない。

この作者は可哀そうに、ほとんど全ての読者の頭から、その名前さえ消え去つている。彼は――もう死んでしまつたが、――永遠に、ルパンの華々しい活躍の舞台裏で、自分が生みの親であるという秘密に対して、沈黙を守つていなければならない。大体が、超人間的な英雄の親などと言う役割ほど、ばかげたものはないのかも知れない。

が、この娯楽小説の製造家の成功の秘密が、彼の文学的才能であるとすれば、彼は妙な具合に、芸術的成功を獲ち得たということにもなる。モーリス・ルブランは、フローベール、モーパッサンの文学的弟子であつたといわれる。つまり、最も厳密な客観措守の手法の巨匠たちである。一行の虚偽の文章をも許さなかつた、厳しい作家たちである。

その厳格な学校に学んだルブランは、偶然の機会で作ることになつた、この英雄物語を、『ボヴァリー夫人』や『女の一生』のやり方で、書いた。ルパンの行動は超自然的かも知れないが、その行動を背後から支えている雰囲気は実にリアルなものである。決して荒唐無稽な措守はない。それが、この愉快な子供向けの冒険小説を、世故に長けた大人たちにも愛読するに足るだけの文学に仕上げることになつたのである。

実際、探偵小説としては、ここに集められた、どの短篇を見ても、穴だらけである。到底、シャーロック・ホームズ物の比ではない。にもかかわらず、たとえば、冒頭の一篇でも、読みだすと直ぐ、ぼくらは何と楽々と大西洋航路の豪華船の船客となることができるだろう。これだけの手腕は、そう、どの作家も生れながらにして持つているというような、うまい具合にはいかないものである。

だから、ルパンの痛快な手柄話を面白がる読者たちも、時々は、この怪盗の生みの親であつた一文士の名前くらいは思い出して、彼の才能に敬意を表するのが、当然だろうと思う。

ルブラン略伝

アルセーヌ・ルパンは、もう作者のルブランを離れて、独立している。探偵小説ファンでなくても、この一世の俠盗の名は知つているだろう。それに反して、ルブランの名はしだいにわすれさられて行くようだ。モーリス・ルブランは、小説家であり、劇作家でもあるのだが、アルセーヌ・ルパンの生みの親といつたほうがわかりやすい。彼は一八六四年に、イタリア人の血がいくらかまじつているフランス人、エミール・ルブランの息子として、ルーアンに生れた。

姉の女優ジュオルゲット・ルブランが、『青い鳥』の作者として有名な劇作家、モーリス・メーテルリンクと、数年にわたつて女ともだちのあいだがらにあつたので、モーリス・ルブランは、しばしばメーテルリンクの義弟といわれるが、これは誤りだ。ジュオルゲットは、メーテルリンクと結婚してはいない。

彼は若いころから小説を書きだしているが、三文作家の域を出なかつた。世に認められたきつかけは、一九〇六年ごろに、《ジュ・セ・トゥ（私はすべてを知つている）》という新聞が創刊され、その編集者から小説欄に読切りの探偵小説を書いてくれないか、と頼まれたことにある。彼はもちろん引きうけた。だが、頭にアイデアがあつたわけでもなく、犯罪についての知識があるわけでもなかつた。それでも彼はペンをとつた。そのペンさきから、傍若無人の英雄アルセーヌ・ルパンは、生命をもつて立ちあがつたのである。

のちにレジョンドヌール勲章をうけたほどの、人気作家の出発は、こうしたささいなきつかけによつたのであつた。一九〇七年には、ルパンの八つの冒険をあつめた最初の著書が、出版された。すなわち本書『強盗紳士ルパン』Arsène Lupin Gentleman Cambrioleur である。

ルブランは一九三五年まで、ルパンものを書きつづけた。作家生活を隠退してからは、ナチにパリが占領されるまで、パリ近郊に住んでいた。一九四一年九月、七十七才の誕生日に先立つこと数日にして、ルブランはペルピニャンで逝去した。ペルピニャンには、息子の家があつた。その息子が病気だつたので、ルブランは見舞いのために、暖房装置もない寒い列車にゆられて、ペルピニャンに出かけたのだ。この寒気にさらされたのが、死病の原因だつたという。姉のジュオルゲットが死んでから、二週間後のことだつた。

モーリス・ルブランは、中背の親切でもの静かな男だつた。顔は大きく陽気そうで、明るく、やさしい目をしており、ユーモアをたたえた口を、大きな髭がおおつている。原稿は庭の外気の中で書くことが多かつたという。好きな作家はポーとバルザック、遊びごとではチェスだつた。

*

シャーロック・ホームズの知能と、ラッフルズの機略に加うるに、ソフィストの洗練と、ラ・ロシュフコーの警句、ド・ゲクラン将軍のギャラントリイをあわせもつた人物、それがアルセーヌ・ルパンである。

ルブランはアルセーヌ・ルパンのほかにも、個性ある主人公を創造しなかつたわけではないのだが、ルパンの名声のかげに、いまやそれらは——いや、作家自身まで、かくされてしまつている。ルブラン以後の怪盗ものでもそうなのだから、これは避けられない運命みたいなものだが、ルパンは最初はスマートな強盗紳士として登場し、のちには悪の世界にいて悪をくじく探偵役になりかわつていつた。

ルパンは芝居にもなり、映画にたびたびなつている。つい最近も、いま売りだしのギャング小説作家であり、日本では『現金に手を出すな』の原作者として知られている、アルベール・シモナン（彼は最近 Le Petit Simonin Illustré という隠語辞典を出した）の新脚色によつて、新しい映画がつくられている。これからも、くりかえしつくられることだろう。

最後にルブランの探偵小説だけの著作目録をかかげておく。はじめに書いた邦題は、原題の直訳で、原題のあとに書いた邦題は、保篠竜緒氏訳でお馴染みの題名である。ただし保篠氏の訳題が原題に忠実な場合は書かなかつた。

『強盗紳士アルセーヌ・ルパン』Arsène Lupin Gentleman Cambrioleur『怪紳士』1907 ＊本書
『アルセーヌ・ルパン対シャーロック・ホームズ』Arsène Lupin Contre Herlock Sholmès『怪人対巨人』1907
『水晶の栓』Le bouchon de cristal 1910
『うつろ針』L'aiguille-creuse『奇巌城』1912
『アルセーヌ・ルパンの秘密』Les confidence d'Arsène Lupin『真紅の肩掛』1913
『三十棺桶島』L'ile aux trente cercueilles 1919

『金三角』Le triangle d’or 1921
『虎の牙』Les dents de tigre 1921
『八点鐘』Les huits coups de l’horloge 1923
『813』813 1923
『カリオストロ伯爵夫人』La contesse de Cagliostro『妖魔の呪』1924
『バルタザールの奇妙の生涯』La vie extravagante de Bartazare『刺青人生』1924
『怪屋』La demeure mystèrieuse 1927
『青い眼の女』La demoiselle aux yeux verts 1927
『二つえくぼの女』La femme aux deux sourires 1927
『バルネ探偵局』 L’agence Barnett et cie 1928
『ラ・バールはやる』La Barre y va『セーヌ河の秘密』1933
『尖端盗賊ヴィクトール』Victor, de la bri gade mondaine 『ルパン再現』1933
『赤い蜘蛛』Le chapelet rouge 1934
『カリオストロの復讐』La Cagliostro se venge 1935

〔ルパンもの以外の作品〕

『三つの眼』Les trois yeux 1920
『赤い輪』Cercle rouge 1922
『綱渡りダンサー・ドロテ』Dorothée, danseuse de corde『ドロテ』1923

『驚天動地』Formidable événment 1923
『プティ・グリの歯』Les dents de Petit Gris 1924
『ゼリコ公爵』Le Prince de Jericho 1930

（三三、三、都筑道夫）

HAYAKAWA POCKET MYSTERY BOOKS No. 404

この本の型は，縦18.4センチ，横10.6センチのポケット・ブック判です．

検　印
廃　止

〔強盗《ごうとう》紳士《しんし》ルパン〕

1958年4月15日初版発行　2003年9月30日3版発行

著　　者	モーリス・ルブラン
訳　　者	中村真一郎
発 行 者	早川　浩
印 刷 所	星野精版印刷株式会社
表紙印刷	大平舎美術印刷
製 本 所	株式会社明光社

発行所 株式会社 **早川書房**
東京都千代田区神田多町2ノ2
電話　03-3252-3111（大代表）
振替　00160-3-47799
http://www.hayakawa-online.co.jp

〔乱丁・落丁本は小社制作部宛お送り下さい
送料小社負担にてお取りかえいたします〕
ISBN4-15-000404-8 C0297
Printed and bound in Japan

ハヤカワ・ミステリ〈話題作〉

1683 扉の中
デニーズ・ミーナ　松下祥子訳
〈英国推理作家協会賞受賞〉酔って帰宅した自宅に恋人の惨殺死体が！　真相を知るため彼女はつらい過去の記憶を手繰り寄せる……

1684 十二人の評決〔改訳版〕
レイモンド・ポストゲート　宇野輝雄訳
様々な思惑を秘めて、異様な殺人事件を裁く十二人の評決の行方とは？　ミステリ史上に燦然と輝く傑作法廷小説を改訳決定版で贈る

1685 首吊りの庭
イアン・ランキン　延原泰子訳
〈リーバス警部シリーズ〉歴史に消えた底知れぬ謎と、一触即発の暗黒街抗争——そのさなか、リーバス自身に思いもよらぬ悲劇が！

1686 死者と影
ポーラ・ゴズリング　山本俊子訳
ブラックウォーター・ベイ郊外の森で病院の女性職員が惨殺され、町は騒然となった。正体不明の殺人鬼が、森を跋扈しているのか？

1687 迷路
フィリップ・マクドナルド　田村義進訳
実業家殺害の容疑者は十人の男女。錯綜した証言から真相は浮上するのか？　読者にフェアプレイの勝負を挑む、黄金時代の名作登場